ALEXANDER HOFFMANN

Mainopoly

KRIMINALROMAN

ALEXANDER HOFFMANN

Mainopoly

TÖDLICHER MACHTKAMPF Friedrich Köller, Inhaber der Köllerwerke in der Kleinstadt Schaffenfels bei Frankfurt, stirbt. Kurz darauf entbrennt ein Machtkampf zwischen dem Geschäftsführer Romberg, der die Firma traditionell und mit Sorge für die Arbeitsplätze weiterführen will, und dem Erben Köller Junior. Dieser erweist sich als Turbokapitalist, der das Unternehmen gewinnbringend zerschlagen will. Der Ausgang der Auseinandersetzung ist existenziell für das wirtschaftliche Schicksal des Städtchens. Als der Streit eskaliert, sind beide Seiten in der Wahl ihrer Waffen nicht zimperlich. Es kommt zu wilden Streiks und verdeckten Operationen, bis ein Köller-Mitarbeiter ermordet wird. Doch wem galt der Anschlag wirklich? Romberg? Oder dem Junior? Welche Rolle spielt die attraktive Unternehmensberaterin Iris Putlitz, welche die biedere Luzie, die den Park rund um die Firmenzentrale pflegt? Und wer ist jener »Heinzelmann«, der Romberg anonym mit wertvollen Informationen versorgt?

Alexander Hoffmann arbeitete lange als politischer Journalist für Qualitätszeitungen wie die »Frankfurter Rundschau« und die »Süddeutsche Zeitung«. Dabei wurde er mit dem Theodor-Wolff-Preis und dem Wächterpreis der deutschen Tagespresse ausgezeichnet. Dann wechselte er als Unternehmensberater in die internationale Wirtschaft und schrieb erfolgreiche Sachbücher zu Zeitgeschichte, Wirtschaftsgeschichte und Medizin. Zu seinen belletristischen Veröffentlichungen zählen ein satirischer Roman, Krimis und Glossensammlungen. Heute ist er auch als Kolumnist aktiv und schreibt Beiträge für Tageszeitungen sowie Magazine. Hoffmann lebt in Wissembourg/Frankreich und Frankfurt am Main. »Mainopoly« ist nach »Brillanter Abgang« sein zweiter Roman im Gmeiner Verlag.

ALEXANDER HOFFMANN

Mainopoly

KRIMINALROMAN

GMEINER

Immer informiert

NEWSLETTER

Spannung pur – mit unserem Newsletter informieren wir Sie regelmäßig über Wissenswertes aus unserer Bücherwelt.

Gefällt mir!

Facebook: @Gmeiner.Verlag
Instagram: @gmeinerverlag
Twitter: @GmeinerVerlag

FSC
www.fsc.org
MIX
Papier | Fördert gute Waldnutzung
FSC® C083411

Besuchen Sie uns im Internet:
www.gmeiner-verlag.de

Im Ehnried 5, 88605 Meßkirch
Telefon 07575/2095-0
info@gmeiner-verlag.de

1. Auflage 2022

Lektorat: Christine Braun
Herstellung: Mirjam Hecht
Umschlaggestaltung: U.O.R.G. Lutz Eberle, Stuttgart
unter Verwendung eines Fotos von: © phis halili / unsplash
Druck: CPI books GmbH, Leck
Printed in Germany
ISBN 978-3-8392-0281-4

Personen und Handlung sind frei erfunden.
Ähnlichkeiten mit lebenden oder toten Personen
sind rein zufällig und nicht beabsichtigt.

1. KAPITEL
WARMBADETAG

Missmutig musterte Romberg das Telefon auf seinem Schreibtisch. Der sicher geglaubte Auftrag von Airbus hing plötzlich am seidenen Faden. Eben hatte der Mittelsmann aus Toulouse angerufen, ein Konkurrent war offenbar mit einem Dumpingpreis angetreten. Sollten sie das Angebot nachbessern, sollte er kurzfristig nach Frankreich fliegen? Dazu hätte er gerne die Meinung des Alten gehört. Sie hatten am Angebot so gefeilt wie selten – doch solche Sachen scheiterten vorzugsweise auf den letzten Metern. Alles schon erlebt, Geschäftsalltag. Die Zeiten waren schwierig – aber war das je anders gewesen?

Romberg zwang sich zur Ruhe und streckte sich in seinem Stuhl. Noch fünf Tage. Dann trug er allein die Verantwortung. Er würde es schaffen und er brannte darauf. Dr. Gluck hatte den Vertrag fertig aufgesetzt, am Freitag würde Köller senior unterschreiben. Und sobald der Alte heute in der Villa war, würde er ihn sich greifen.

Bis dahin gab es Kärrnerarbeit. Romberg las die Statusberichte der Abteilungen, außerdem hatten sich seit gestern Abend 217 neue E-Mails angesammelt. 90 Prozent waren überflüssig. Er hatte Übung darin, die zehn Prozent mit Substanz herauszufiltern.

Im Büro war es ungewohnt still. 11 Uhr. Normalerweise hatte er um diese Zeit nicht nur mit einem Problem à la Airbus zu kämpfen, sondern mit einer Kakophonie vieler kleiner Katastrophen. Der tägliche Wahnsinn eben, den er brauchte. Der Wahnsinn, die Arbeit – das war sein Leben. »Du liebst diesen Laden mehr als mich«, hatte Marie oft gekrittelt. Ja, der Laden war seine Heimat, vor allem, seit sie nicht mehr lebte.

Romberg war mit den Statusberichten fertig und gönnte sich einen Moment der Entspannung. Die Herbstsonne tauchte sein Büro in warmes Licht. Es war ein heller Raum, die Möbel in kühlem Blau, mit den klaren Linien von USM Haller, ganz nach seinem Geschmack. Der Glasschreibtisch war aufgeräumt, links neben dem Rechner lag die Tagesmappe, rechts stand ein Silberrahmen mit dem Bild von Marie, seiner verstorbenen Frau. Vom Sessel aus hatte Romberg die Breitseite des Büros im Blick, mit der Weltkarte, auf der rote Fähnchen die wichtigsten Kunden markierten, dazu das große Foto. Romberg mit dem Alten beim letzten Werksbesuch des Ministerpräsidenten. Und auf dem Tisch der Sitzecke für Besucher stand die schmale Vase mit den frischen Blumen. Sein kleiner Farbtupfer im Alltag. Luzie brachte ihm wöchentlich einen neuen Strauß, diesmal waren es weiße Dahlien. Sie und die Leute in der Firma mochten und respektierten ihn, sie verbanden große Hoffnungen mit ihm.

Romberg riskierte einen Blick aus dem Fenster auf den kleinen Park mit den alten Kastanien, auf die sorgsam modellierten Buchsbäume und Zypressen, auf die Beete im Farbenrausch. Er konnte sie vom Büro aus bis spät in die Nacht sehen, als ob sie Luzie extra für ihn bepflanzt hätte. Er mochte den Park, in dem die Zeit stillzustehen schien. Und er mochte Luzie Bazinek, die das Grün auf dem Firmengelände schon so lange pflegte, wie er denken konnte, mit einer Hingabe, als ob es ihr eigener Garten wäre. Romberg hatte Luzie am frühen Morgen begrüßt, als er aus Frankfurt nach Schaffenfels gekommen war. Er hatte seinen großen BMW Gran Turismo auf dem Spezialparkplatz hinter der Villa abgestellt, der sein eigenes Reich war. Dort stand auch die Ladesäule für den elektrischen Fiat 500, den er für Fahrten in Schaffenfels nutzte. »Ihre Knutschkugel«, nannte seine Sekretärin, die gute Frau Deuerlein, das kleine Auto. Dann war er über den Kiesweg Richtung Vordereingang der Villa geschritten und hatte wie jeden Tag gesagt: »Guten Morgen, Luzie, ich hoffe, alles wächst und gedeiht?«

Luzies hellblaue Augen in dem runden, rosigen Gesicht strahlten. »Na klar, Herr Romberg. Gibt doch immer was zu tun.«

Es war ein Ritual. Romberg schätzte das verlässlich Wiederkehrende. Momente der Sicherheit in diesen Zeiten.

Wie jeden Morgen hatte er sich auch am Anblick der Villa Köller erfreut, der Zentrale der Köller AG. Der dreigeschossige Bau wirkte inmitten der Fabrikhallen fast verloren. Die Villa war ein Solitär mit der üppigen Fassade im Stil der Gründerzeit, umgürtet vom Park. Über dem Haupteingang mit den schweren Glastüren prangte in dezenten Goldlettern »1888«. Es war im Dreikaiserjahr gewesen, als Friedrich Köller, der Gründer der Motorenfirma, genug verdient hatte, um sich solche Pracht zu leisten. Der Aufstieg der Firma war dann unaufhaltsam gewesen. Der jetzige Chef aus der Köllerschen Linie war wieder ein Friedrich. Der Alte, Mehrheitsaktionär und Vorstandsvorsitzender, war nun 76 und schwächelte.

Er musste loslassen, auch wenn es ihm schwerfiel. Der Wechsel kam zur rechten Zeit. Noch waren die Auftragsbücher halbwegs voll, doch das konnte sich über Nacht ändern. Sein Bauch sagte Romberg, dass das mit Airbus in die Hose gehen würde.

Romberg blickte auf seine flache Piaget, die er hütete, seit Marie ihm die Uhr zum zehnten Hochzeitstag geschenkt hatte. Es war schon gegen Mittag. Er drückte am Telefon eine Taste: »Liebe Frau Deuerlein, haben Sie eine Ahnung, wo Köller steckt?«

»Nein, sein Büro weiß auch nichts.«

Claudia Deuerlein war um die 40, von überschaubarem Reiz und verheiratet. Das war die Basis für ein fruchtbares Miteinander, das schon ein Jahrzehnt währte. Sie organisierte ihn, sie wusste, was er wann brauchte, sie erahnte seine Gedanken, wenn er sie noch gar nicht hatte. Und sie hatte ihn unter Aufsicht.

Daran dachte Romberg, als er kurz das Fenster zum Park öffnete und sich eine Zigarette anzündete. Im gesamten Werk herrschte Rauchverbot, es gab nur die übliche Schmuddelecke hinter der Villa neben den Mülltonnen. Das war ihm zu öd, immer dorthin zu laufen. Hastig rauchte er ein paar Züge, um dann die Kippe in einem kleinen Metallaschenbecher auszudrücken, der auf dem Fenstersims seinen wackligen Sitz hatte. Eine blöde, eine gefährliche Angewohnheit, dieses Rauchen. Klar, er würde es bald aufgeben, im nächsten Urlaub, ganz sicher. Oder zum Jahreswechsel, dann aber todsicher. Und außerdem würde er endlich wieder Sport treiben, bombensicher. Romberg seufzte. Alle Welt redete von Selbstoptimierung. Auch er versuchte sich darin, aber das wollte einfach nicht gelingen.

»Das kannst du also auch nicht«, hatte ihn Marie oft liebevoll aufgezogen. Er konnte nicht kochen – die Küche war für ihn ein Raum, aus dem irgendwie Essen herauskam –, keine Schnürsenkel fest binden, er hatte keine Ahnung von klassischer Musik, er verlor ständig Schirme und Kugelschreiber, er vergaß Geburtstage, er konnte nicht abschalten. Er konnte so vieles nicht, gestand er sich wieder mal ein. Aber einen Laden führen wie die Köller-Werke, das konnte er. Immerhin.

Kaum war er wieder mit sich im Lot, klopfte es. Er rief »Herein«, und Claudia Deuerlein betrat sein Büro mit einer Unterschriftenmappe.

Sie hielt vor dem Schreibtisch kurz inne, sog demonstrativ die Luft ein und bedachte ihn mit einem strengen Blick. »Aber Herr Romberg!«

Er murmelte: »Nach dem Urlaub höre ich auf, versprochen.«

Romberg atmete durch, als sie weg war, und vertiefte sich in seine Stichworte für die Mittagslage mit den Abteilungsleitern. Danach würde der tägliche Rundgang durch die Hallen kommen. Die Köllerianer an den Werkbänken wollten ihn um sich wissen, er war hier der Macher und Kümmerer. Er war stolz auf seine Leute, ohne die es keine Köller-Werke und keinen Erfolg gäbe. Viele hatte er selbst eingestellt, viele gefördert, die meisten kannte er beim Namen.

Allerdings war die Zeit der Warmbadetage vorbei. Es musste mehr Schwung in die Firma. Er stand auf, durchquerte das Vorzimmer, öffnete die Tür aus Rauchglas mit den filigranen Schriftzügen »Christof Romberg – Stellv. Vorstandsvorsitzender« und ging mit schnellem Schritt durch den langen dunklen Flur. Für seine 49 war er trotz schleppender Selbstoptimierung noch ganz gut in Form, fand er. Als er die lichte Eingangshalle der Villa betrat, kam ihm wieder die magische Ziffer »50« in den Sinn. Die Zeit zerrann, immer rascher, wie es ihm schien. Es ging ins letzte Drittel seines Lebens, aber das würde er ausschöpfen.

In der Halle verharrte er. Der Stuck an der Decke strahlte verhalten, vor diesem Hintergrund kam das detailverliebte Werksmodell in der Mitte gut zur Geltung. Dazu an der linken Wand die Vitrine mit der Goldmedaille von der Weltausstellung in Paris 1900, rechts die Sammlung mit den Exportetiketten im Schwung des Jugendstils sowie die »Gestattungsurkunde für Anlage und Betrieb« der »Köller & Comp. zu Schaffenfels« aus dem Jahre 1875. Die Besucher schauten sich das gerne an, auch die Stiche von den Verkaufskontoren in New York, St. Petersburg und Bombay. Globalisierung hatten die Köllers schon gelebt, als es den Begriff noch gar nicht gab.

Romberg betrat einen zweiten Flur. Dort begann das Reich Friedrich Köllers, sein Arbeitszimmer mit dem Art-Déco-Schreibtisch, der noch vom Vater stammte, den bauchigen Sesseln, der Kassettendecke. Nur im Vorzimmer stand ein Rechner. Köller weigerte sich hartnäckig, »in einen Kasten zu gucken«, und diktierte der Sekretärin lieber die Mails.

Diese blickte kurz auf, als Romberg hereinschaute, und schüttelte stumm den Kopf.

Wo war nur der Alte, vielleicht auf einem Außentermin? Aber das hätte er ihm gesagt, der Senior war pingelig bis ins Detail.

Romberg machte sich auf den Rückweg, vorbei an dem abgeschlossenen Trakt mit der »Kapelle«. Die Kapelle, wie sie firmenintern hieß, war Heimat der kleinen, exquisiten Gemäldesammlung des Alten. Werke der Klassischen Moderne, darunter einiges von Max Beckmann, Franz Marc und Paul Klee. Wenn es dem Alten wieder einmal zu viel wurde im Alltag, verschwand er gerne für eine Andacht in der Kapelle. Romberg hatte die Werke schon öfter bewundern dürfen, ebenso einige ausgewählte Kunden.

Jetzt war aber keine Zeit für die Klassische Moderne. Zügig ging Romberg zurück in sein Büro. Die Villa war ihm in den letzten Jahren zur zweiten Heimat geworden. Wie Schaffenfels, das Städtchen mit seinen knapp 9.000 Seelen. Er mochte die tägliche Reise von Frankfurt aus hierher. Nur 30 Kilometer auf der A 66 und rechts runter und über den Main. Für seine Frankfurter Bekannten war das unwohnlicher Osten, dunkles Land, Steppe. Manchmal kam ihm die Kleinstadt erstickend vor, doch dann wieder war sie ein wärmender Organismus.

Romberg überflog kurz die FAZ, die Financial Times und das Handelsblatt. Erneut waren einige Traditionsfirmen über Nacht in fremde Hände gefallen. Sie wurden umgepflügt, ausgepresst, namenlos gemacht. Auch um die Köller-Werke kreisten Piraten. Romberg blieb gelassen. Mit uns nicht. Der Alte jagte die Interessenten stets vom Hof, und bald hatte er selbst die Hand drauf. Noch fünf Tage.

2. KAPITEL
KARL GUSTAF

Romberg arbeitete die Telefonliste ab. Froloff, der Lokalchef der »Schaffenfelser Mainglocke«, hatte um Rückruf gebeten.

Der Journalist kam sofort zum Punkt: »Ich hörte von einem fetten Auftrag von Airbus?«

»Das ist noch nichts zum Schreiben. Reden wir in 14 Tagen darüber.«

»Schade, ich hätte gerne mal was über neue Arbeitsplätze gebracht. Sie wissen doch, wie es aussieht im Städtchen. Die Köller-Werke sind unsere letzte Hoffnung.« Froloff verabschiedete sich enttäuscht.

Als ob er das nicht selbst wüsste, dachte Romberg. Doch jeder Auftrag musste den Kunden zäh aus dem Kreuz gewrungen werden. Rombergs schlechtes Gefühl hinsichtlich Airbus verstärkte sich. Die Hightech-Sparte spülte zwar noch Cash in die Kasse, aber das Geschäft mit den Standardprodukten lief immer schleppender. Die Kleinmotoren von Köller hatten Weltruf, sie betrieben Fertigungsstraßen, sie arbeiteten in Flugzeugen und Raumfähren, je winziger, desto besser. Daneben nahmen sich die Standardmotoren für Rasenmäher wie plumpes Riesenwerkzeug aus. Das konnten mittlerweile andere billiger.

Romberg kratzte sich am Kopf. Sie hatten mindestens 100 Leute zu viel an Bord, aber Köller hatte noch nie Leute entlassen, und Romberg würde nicht damit anfangen. Da war er genauso altmodisch wie der Alte. Ansonsten würde er durchaus mit der Zeit gehen, jedoch nicht mit fantasielosen Sparrunden. Im Gegenteil: Sie mussten mehr wagen, mehr in neue Produkte investieren, um später die Ernte einzufahren. Schaffenfels stand mit neun Prozent Arbeitslosen einigermaßen da, dank der Köller-Werke mit ihren 1.200 Arbeitsplätzen. Nicht auszudenken, wenn die wegfielen. Dann könnte man das Städtchen schließen. Romberg fröstelte bei diesem Gedanken.

Das Tempo in der Wirtschaft wurde immer rasanter, stets kämpften sie um den Spitzenplatz, immer einen Millimeter vor der Konkurrenz. Nun, er würde alles dafür tun, damit die Köller AG die Nummer eins bliebe. Sie waren klein, fein und teuer. Und alles *Made in Germany*, wo sonst? Sie waren Weltmarktführer in ihrem Sektor, sie konnten Sachen, die so keiner konnte. Die Chinesen schon gar nicht.

Frau Deuerlein brachte eine Tasse Tee herein.

»Immer noch nichts?«

»Nein. Soll ich mal auf der Rosenhöhe anrufen?«

»Ja, tun Sie das bitte.«

Romberg fragte sich, was Friedrich Köller trieb, wenn er allein in seinem Bungalow auf der Rosenhöhe saß. Der Alte war Witwer wie er, aber schon seit einem Vierteljahrhundert. Er konnte sich in Köller einfühlen, seit Marie tödlich verunglückt war. Der Schmerz wollte nicht vergehen, auch nach sechs Jahren nicht. Marie fehlte ihm.

Wenigstens hatte er die Firma. Und den Alten. Köller sprach es nie aus, aber Romberg wusste, dass er ihm wie ein Sohn geworden war, nach den Enttäuschungen mit Stefan, dem Erben.

Wann kam Köller endlich? Gestern Abend war er noch in der Villa gewesen. Er tigerte oft nachts durch die Flure und hinterließ auf den Schreibtischen seiner Leute Notizen auf gelben Haftzetteln. Auch heute hatte Romberg einen Zettel gefunden, in jener typischen Handschrift, klar wie ein Stahlstich, mit dem Vermerk: »Was macht die Lieferung für das Dow-Werk in Midland? Ich erwarte Ergebnisse, keine Erklärungen!« Romberg machte sich eine Notiz. Er würde den Herren von der Anwendungstechnik noch heute auf die Sprünge helfen.

Das Telefon blinkte. Frau Deuerlein. Herr Eisele frage, ob er kurz Zeit habe.

Für Eisele hatte er immer Zeit. »Soll reinkommen.«

Herein latschte etwas Dürres in schlabbernden Jeans und weißem T-Shirt. Eine Gestalt, die Romberg an eine gedehnte Ziege erinnerte. Eisele war keine 35, doch dem Cäsarenkopf gingen bereits die Haare aus. Den schütteren Seitenbewuchs hatte er zu einem blonden Zopf gezwungen, hinten gehalten von einer aparten Silberspange. Fremde hielten ihn hin und wieder für den Büroboten, doch Dipl.-Ing. Markus Eisele war Chef der »Spinnerstube« im Werk, Leiter der Abteilung Forschung und Entwicklung. Der Alte sprach nur andächtig über ihn. »Unser Eisele, unser Kronjuwel. Er ist ein Gesalbter, auch wenn er mich manchmal in den Wahnsinn treibt.«

Wie immer sah Eisele aus, als liefe er gerade seinem Tod in die Arme. Die Augen glühten, er hatte wohl wieder die Nacht im Technikum zugebracht. Er ließ sich in den Stuhl vor dem Schreibtisch fallen und begann heftig atmend: »KKKarl Gustaf … äh, diese Mmaschine …«

Romberg hob beide Hände, als ob er Eisele segnen wollte: »Langsam, lieber Eisele. Wir haben alle Zeit der Welt.«

Der Sprachfehler des Dipl.-Ing. brach sich Bahn, wenn er unter Stress stand oder der 1. FC Schaffenfels 1893 verloren hatte, es kam wie ein Naturereignis. Dann brauchte Eisele einen wärmenden Schub. Romberg wattierte ihn gerne, schon aus Respekt vor dem Genie. Eisele wirkte in Sphären, die Romberg nur erahnen konnte.

Romberg fragte betont beiläufig: »Es geht also um den Prototypen?«

Eiseles Augen hefteten sich an einen imaginären Punkt an der Zimmerdecke, die Lippen zitterten wie bei einer Forelle, die auf dem Trockenen gelandet war. Dann sprudelte es flüssig aus ihm heraus. »Karl Gustaf läuft im Technikum gut. Aber das System muss stabiler werden, wir brauchen mehr Zeit. Und eine Million mehr brauchen wir auch.«

Genies brauchten immer Geld. Und die Köller AG brauchte die neue Maschine.

Romberg überlegte kurz. Fünf von zehn Ideen Eiseles waren absolut närrisch, vier waren durchwachsen, aber jede zehnte hatte es in sich. So war »Sophie« geboren worden, das Mini-Antriebssystem, mit dem sie Anfang des Jahrtausends die Konkurrenz das Fürchten gelehrt hatten. Sophie war nun sozusagen im Klimakterium, reif und durchaus noch reizvoll, aber keine Früchte mehr tragend. Karl Gustaf musste her, auf ihm ruhten alle Hoffnungen. Romberg fand es schön, dass Eisele seinen Schöpfungen Namen gab. Jetzt hatte er Karl Gustaf im Brutkasten. Das Übermaschinchen. Karl Gustaf war nur halb so groß wie Sophie, aber doppelt so leistungsfähig. Und in gar nicht so weiter Ferne lockte der Gedanke an den Einstieg in die Nanowelt, in den Kosmos der Kleinstroboter. Da würden die Chinesen glotzen, alle 1,4 Milliarden.

Über Rombergs Züge huschte ein leidender Schatten. Der deutsche Ingenieur an sich war schon etwas Seltsames. Er wollte immer die perfekte, die finale Lösung. Ganz besonders der Eisele. »Lieber Eisele, wir wollen mit Karl Gustaf nicht in die Annalen eingehen, sondern Geld verdienen. Also – wann ist die Maschine fertig?«

Eisele zierte sich, er konnte auch eine Diva sein. »Die Maschine ist fertig, wenn sie fertig ist.«

Romberg gab auf. »Meinetwegen, Sie kriegen eine halbe Million. Aber bitte machen Sie Ihrem Genius Beine. Sie wissen, was das Projekt für uns bedeutet.«

Eisele strahlte, sah plötzlich aus wie 25. »Wir schaffen es. Karl Gustaf ist so komplex, dass die Chinesen ein Jahr brauchen, um die Maschine zu kapieren, und noch mal zwei Jahre, um sie zu kopieren. Bis dahin haben wir Karl Gustaf römisch zwo.« Zufrieden schlenderte die Diva aus dem Büro, der helle Zopf wippte fröhlich.

Zwei Dutzend Telefonate später spürte Romberg eine diffuse Unruhe. Ihm schien, als ob irgendetwas die Villa lautlos unterspülte.

Die Tür zu seinem Büro wurde aufgerissen, im Rahmen stand Frau Deuerlein, fahl wie Asche. So hatte er sie noch nie erlebt.

»Was ist denn los?«

Sie stammelte.

»Nun reden Sie schon!«

3. KAPITEL

EINER KRIEGT ALLES

Rombergs Magen vibrierte, die Augen blickten schlierig in den Spiegel. Mühsam sortierte er im Bad den gestrigen Abend. Zu viel Bordeaux im Belrose. Und dann noch diese Tequilas – welche Torheit! Romberg schüttelte sich beim Zähneputzen und schluckte zwei Aspirin. Er fühlte sich wie 80.

Der Absturz war aber verzeihlich nach einem solchen Einschlag wie gestern. Danach hatte es ihn nachts ins Belrose im Gewerbegebiet Ost am Konrad-Adenauer-Ring getrieben. Der Club erinnerte an ein blau illuminiertes Maurenschlösschen und lag sehr diskret hinter den 40-Tonnern eines Lkw-Parkplatzes. Das Belrose war der heimliche Stolz von Schaffenfels, so etwas hatten die in Frankfurt nicht, kamen aber gerne hierher, schon der Diskretion wegen. Die Frauen im Belrose hatten Klasse, auch wenn sich Romberg von ihnen fernhielt, was auch mit Anne-Aymone zu tun hatte.

Die Chefin des Belrose erwartete ihn an der Bar. Die dunkle Schöne war eines Tages in Schaffenfels gelandet, keiner wusste, wie und woher. Angeblich hatte sie zuvor eine Plantage in La Réunion geleitet, dann ein Hotel in Martinique. Es blieb ebenso im schwebenden Ungefähr wie die Auskünfte über ihr Alter. So um die 40, schätzte

Romberg. Anne-Aymone hatte Wangen wie Porzellan, unergründliche Augen, die schwarzen Haare im strengen Pagenschnitt. Alles an ihr strahlte zarte Härte aus. An diesem Abend trug sie ein rotes Latexkleid, wie mit der Haut verschweißt. Den Leuten im halb dunklen Barraum nahm es den Atem. An ihr wirkte es keinen Hauch billig, sondern exklusiv.

Während sie Romberg den ersten Wein servierte, brachte sie einen Pulk lärmender Neuankömmlinge mit einem verschatteten Blick zum Schweigen.

»So ein Pech aber auch, mon cher«, sagte sie, als er ihr die Katastrophe schilderte, und nahm seine rechte Hand.

Vor Jahren hatte sie eine kurze, hitzige Affäre verbunden. Er hatte die Schönheit auch abgeschminkt erlebt, im schlampigen Rolli und mit dicken Wollsocken, und ihr den Namen »Madame Lumpi« verpasst, der seitdem in Schaffenfels gültig war. Anne-Aymone fand es süß.

»Madame Lumpi, es ging nur um läppische fünf Tage. Ich fasse es nicht!«

Sie wechselten vom Rotwein zum Tequila, und sie zog die Stirn ein wenig kraus. »Und werde ich jetzt nachbeteiligt?«

Ihre kleinen Fehler fand er hinreißend, wobei er nie den Verdacht loswurde, dass sie eigentlich fließend Deutsch konnte. »Keine Sorge, du wirst nicht benachteiligt. Das Belrose wird immer Konjunktur haben.«

Im Belrose ließen so manche Kunden von Köller den Tag ausklingen. Das Essen im Club war vorzüglich, die Bar gut bestückt, die Saunalandschaft suchte ihresgleichen.

Romberg hatte weiter geklagt, und Madame Lumpi hatte getröstet. Eigentlich mochte sie keine Verlierer, aber mit Romberg war es etwas anderes. »Selbst wenn es dir schlecht geht, siehst du noch gut aus«, hatte sie mit ihrer seidig-rauchigen Stimme gesagt und ihm träumerisch über die grauen Einsprengsel im vollen schwarzen Haar gestrichen.

Nach dem dritten Tequila hatte er einige Tränen über ihre verflossene Liebe verdrückt und sie »Marie« genannt. Sie hatte ihm einen Kuss auf die Wange gehaucht und ein Taxi gerufen, das ihn nach Frankfurt gebracht hatte.

Was für ein Abgang! Nun war es schon halb neun, er musste sich beeilen. Romberg duschte heiß und kalt, bändigte die verworrenen Haare, schauderte noch einmal angesichts der verquollenen Augen. Doch das frisch gebügelte Oberhemd kühlte angenehm, der blaue Anzug aus dem wohlgefüllten Schrank saß so perfekt wie der gestrige graue. Er rückte die Krawatte zurecht und verließ seine Wohnung. Kurz hinter der Tür wäre er fast gestolpert. Der rechte Schnürsenkel hatte sich wieder gelöst. Und wo war sein Schirm? Romberg stöhnte. Linkshänder war er auch noch. Das Leben war nicht fair. »Mein tapsiger Bär«, hatte seine Frau oft zärtlich gespöttelt.

Claudia Deuerlein war schon im Büro, sah noch bleicher aus als er. Im Vorbeigehen sagte er kurz: »Bitte alle Termine für heute absagen. Ich muss zu Gluck.«

Sie nickte wortlos.

Er fuhr mit dem Fiat Richtung Altstadt in die Färbergasse, wo Dr. Paul Gluck, der Firmenanwalt und Notar, seine Kanzlei hatte. Keine zwei Kilometer entfernt, im Städtchen kam man schnell von einem Ende zum anderen. Den Termin hatte er gestern noch gemacht, nachdem die Deuerlein im Türrahmen ihre Sprache wiedergefunden hatte.

Auf der Rosenhöhe hatte die Haushälterin am Morgen den Alten gefunden, zusammengekrümmt vor dem Kamin im Wohnzimmer liegend. Der zweite Herzinfarkt hatte ihn in der Nacht gefällt.

Romberg fuhr wie betäubt, hatte immer noch Mühe, zu begreifen. Friedrich Köller war tot. Nie mehr das vertraute Miteinander in der Villa, nie mehr Streit um den richtigen Weg, nie mehr gemeinsame Erfolge. Eine tiefe Trauer lähmte ihn, er konnte sich kaum auf den Verkehr konzentrieren.

Durch die Frontscheibe seines Autos sah er grau-blaue Wolken über Schaffenfels, wie schwere alte Koggen am Himmel treibend. Der erste Herbststurm kündigte sich an. Am St.-Helena-Platz fand er eine Parklücke und lief zügig in die Färbergasse. Vor dem sorgsam restaurierten Patrizierhaus, in dem Gluck die ganze erste Etage beherrschte, hielt er kurz inne. Er würde um die Köller-Werke kämpfen – gegen alle Finanzhyänen, Wegelagerer und Leichenfledderer. Die mussten erst mal an ihm vorbei! Vielleicht war noch nicht alles verloren.

In der Kanzlei konnte Romberg gleich ins Büro durchgehen. Gluck erwartete ihn an seinem Biedermeier-Schreibtisch, gedrungen und rund wie ein Burgunderfässchen. Der dunkelgraue Anzug mit Weste saß wie angegossen, die weißen Resthaare auf dem polierten Schädel kämpften unverdrossen um ihre Existenz. Gluck las gerade einen Briefentwurf und setzte mit dem mächtigen Montblanc drei große Ausrufezeichen an den rechten Rand. »Meine junge Schreibkraft … ein liebes Kind, aber aus dem Tal der Ahnungslosen. Dass man Widerspruch ohne ›e‹ schreibt, wird sie nie lernen. Und Briefe an meinen Mandanten in Bad Oeynhausen schreibe ich lieber selbst – die drei Vokale hintereinander überfordern sie.«

Romberg nahm vor dem Schreibtisch Platz. »Guten Morgen, Paul. Ich bitte um Nachsicht, dass ich etwas übrig geblieben aussehe.«

Gluck machte eine einladende Geste. »Mein lieber Christof, Sie sind mir in jedem Aggregatzustand willkommen. Wurde wohl spät gestern bei Madame Lumpi. Kaffee?«

In Schaffenfels überholten die Gerüchte den Urheber und kamen ihm frontal entgegen, fiel Romberg wieder einmal auf.

»Danke, lieber ein Wasser. Madame Lumpi lässt übrigens grüßen.«

Während die Sekretärin Kaffee und eine Karaffe mit Wasser anrichtete, schwiegen beide. Gluck war 74 und dem Alten seit Jahrzehnten verbunden. Er gehörte zu dem guten Dutzend, die in Schaffenfels das Sagen hatten. Als Romberg vor zehn Jahren hierhergekommen war, hatte ihn Gluck lange geprüft und dann für gut befunden. Nur ab und zu fragte er, weshalb Romberg immer noch die große Wohnung in Frankfurt unterhalte, »bei denen da«. Romberg hegte die Freundschaft zu dem Anwalt wie einen Schatz. Gluck lief meist gut gelaunt durch die Gegend. Das gebirgige Gesicht und die Krötenaugen strahlten Gemütlichkeit aus, doch das konnte täuschen. Er hatte die Firma durch unzählige Stromschnellen gelotst, gegen ihn lief nicht viel in Schaffenfels. Heute schien er jedoch ratlos und voller Kummer.

Er brach das Schweigen. »Das hat sich Friedrich wohl anders vorgestellt …«

Romberg sagte leise: »Mir kommt es vor, als hätte man mir ein Bein abgehackt. Er war mir zu einem wirklichen Freund geworden, gerade in der letzten Zeit.«

Gluck nickte. »Er war auch mein Freund.«

Beide schwiegen, dann tastete sich der Anwalt ins Gespräch zurück. »Leider haben wir kaum Zeit, um zu trauern.«

»Ich weiß, jetzt gilt das alte Testament.« Romberg ballte die Fäuste. »Himmelherrgott, in vier Tagen wollte er den Vertrag unterschreiben.«

»Exakt, am Freitag. Nachdem er den Termin dreimal verschoben hatte. Er hat wohl gedacht, mit der Unterschrift wäre sein Leben gelaufen. Das ist nicht der erste Fall für mich. Was glauben Sie, wie viele ihre Dinge nicht regeln, bis es zu spät ist.«

»Wenn wir die Sache doch nur beschleunigt hätten!«

»Wenn, wenn! Lieber Christof, wenn der Ochsenfrosch Flügel hätte, würde er nicht mit dem Hintern am Boden schleifen.«

Romberg zwang sich zur Ruhe. Er musste einen kühlen Kopf bewahren. »Wo stehen wir jetzt?«

Glucks Miene legte sich in lange Falten. »Vor dem Nichts. Nach dem gültigen Testament geht alles an den Junior.« Gluck weigerte sich seit Jahren, Stefan Köller, den Erben, beim Namen zu nennen. »Im richtigen Bett geboren zu werden, reicht mir nicht«, sagte er gerne.

Gluck fuhr fort: »Er war schon heute früh bei mir. Kam mit der ersten Morgenmaschine von London rüber.«

»Und?«

»Er wird die Leitung der Firma übernehmen. Ich würde es ihm ja gerne verbieten. Irgendwelche Vorschläge?«

Erst in diesem Moment wurde Romberg richtig klar, was geschehen war. Aus der Traum von der Übernahme. Sie hatten es so gut geplant. Der Junior sollte nur den Pflichtteil des Erbes erhalten und aus dem Privatvermögen des Alten abgefunden werden. Von der Volksbank sollten über den genossenschaftlichen Verbund 500 Millionen fließen. Der Kredit reichte, um zusammen mit dem Vier-Prozent-Anteil, den Romberg schon hatte, auf über 60 Prozent der Köller AG zu kommen. Vor einem Jahrzehnt war der Alte an die Börse gegangen, um die Expansion zu finanzieren. Doch er hatte stets die Mehrheit der Inhaberaktien behalten, die restlichen Aktien waren über viele Kleinanleger verstreut. Rombergs Plan war gewesen, später auch die Belegschaft über Aktien zu beteiligen. Und der Alte hätte sich mit dem Erlös seinen Traum erfüllt: die Friedrich-Köller-Kunststiftung. Den Grundstock dafür sollte die Sammlung in der Kapelle bilden.

Das war nun alles Geschichte. Aus dem Traum war ein Albtraum geworden. Zögernd und ohne große Überzeugung sagte Romberg: »Wir könnten ihm immer noch sein Aktienpaket abkaufen. Die Finanzierung steht.«

Gluck schüttelte den Kopf. »Das wird der Junior nicht machen, nicht nach dieser Vorgeschichte und nicht zu diesem Preis. Er will jetzt selbst in die Speichen greifen.«

Die Vorgeschichte war wie alle Vorgeschichten lang, bitter und verworren.

Gluck lehnte sich zurück: »Er ist ja erstklassig ausgebildet und hochintelligent. Aber es hätte dem Jungen besser getan, wenn er vor dem Studium erst mal Mechaniker gelernt hätte. Das hilft gegen das Abheben.« Gluck nestelte an seiner silbernen Taschenuhr. »Zum Fürchten, was für Geschöpfe aus diesen Elite-Anstalten auf uns zukommen. Lauter kleine Ungeheuer. Wollen nur aus Geld noch mehr Geld machen, und das ohne den anstrengenden Umweg über die Realwirtschaft.«

Romberg nickte mit finsterer Miene. »Manchmal klappt das sogar.«

»Aber in der Finanzkrise sind sie weltweit auf die Nase gefallen. Sie haben sich kurz geschämt, und dann ging es wieder los.«

Der Sohn hatte nur kurz in den Köller-Werken gearbeitet, wo er zum Nachfolger aufgebaut werden sollte. Als der Alte vor drei Jahren seinen ersten Herzinfarkt erlitt, hatte der Junior hinter seinem Rücken mit einem Firmenjäger aus den USA angebändelt. Der Ausverkauf war schon unterschriftsreif gewesen, als der Vater wider Erwarten genas.

Gluck erinnerte sich ebenfalls. Er meinte behaglich: »Er hat ihn dann in meinem Beisein gefeuert, hier in diesem Raum.«

Auch Romberg hatte den Eklat nicht vergessen. Damals hatte ihn der Alte nach dem Rauswurf des Sohnes zu sich gebeten und gesagt: »Ich möchte nicht, dass nach mir das Licht ausgeht.« Er hatte ihm die Nachfolge angetragen, gemeinsam hatten sie das Übernahmeprojekt durchgearbeitet und waren sich auch menschlich nähergekommen. Der Junior hatte das Ganze aus der Distanz verfolgt, ihn hatte es über die Türme der Frankfurter City bis nach London in die Canary Wharf verschlagen, wo er als Investmentbanker wirkte.

Er fragte Gluck: »Was wird der Junior Ihrer Einschätzung nach tun?«

»Er wird sich bestimmt nicht für die Köller-Werke quälen. Er wird den Laden filetieren und liquidieren, Kasse machen. Die Köllerianer und die Stadt sind ihm schnuppe, das ist für ihn Folklore.«

Romberg zweifelte. »Vielleicht erwärmt er sich doch noch für diesen ach so langweiligen Familienbetrieb? So völlig abgehoben habe ich ihn nie erlebt.«

Gluck beugte sich vor: »Richtig, er lebt relativ unauffällig, er stellt sein Geld nicht aus wie diese peinlichen Figuren aus den Society-Blättern. Aber wir haben es hier mit dem Typus des Spielers zu tun. Er zockt gerne, er will gewinnen, um jeden Preis. Selbst wenn es bei dem Geschäft nur um Bauklötzchen ginge, wäre er genauso aktiv. Hauptsache, er hat am Ende die meisten Bauklötzchen. Wenn der Junior etwas liebt, dann ist es Mainopoly.« Gluck hielt inne, bevor er anfügte: »Und vergessen Sie nicht, er verabscheut Sie.«

»Glauben Sie? Er ist doch ein nüchterner Zahlenmensch.«

»Das ist er natürlich. Aber auch er lässt sich von Gefühlen leiten. Wie wir alle. Die väterliche Firma, die gönnt er Ihnen nicht!« Der Anwalt wechselte das Thema, als wollte er diesem unwirtlichen Tag entfliehen. »Was macht eigentlich die gute Luzie? Zuletzt habe ich mit ihr auf dem Betriebsfest getanzt.«

Romberg hatte das Bild vor Augen, die beiden kleinen Dicken beim Walzer wie zwei anmutige Wachteln.

Gluck schwärmte: »Unserem Friedrich hat sie zweimal die Woche frische Rosen ins Büro gebracht. Der war ganz vernarrt in die Bäume und Blumenrabatten auf dem Werksgelände. Sie hat dort ein kleines Paradies geschaffen. Sie kann aber auch ganz schön eigenwillig sein, das gute Mädchen. Ist auch schon über 70, da schimmert manchmal der Altersstarrsinn durch, die härteste aller Legierungen.«

Romberg musste lächeln. »Gestern war sie wieder am Umgraben, sie strotzt immer noch vor Energie.«

Gluck spielte mit seinem Montblanc. »Ich denke oft an den Brand 1997 in der Halle A. Als der Feuerschein am Himmel stand, sind sie alle in die Köller-Werke geeilt, um zu helfen. Luzies Mann hat die Halle im Alleingang gerettet.«

Romberg spann den Faden fort: »Die gute alte Firmentreue. Ich kann mir nicht vorstellen, dass die armen Gestalten im neuen Call-Center draußen im Gewerbegebiet Ost so reagieren würden. Wenn das mal brennen sollte ...«

»... ließen es die Leute freudig abfackeln«, murmelte Gluck.

Wieder Schweigen.

Dann klopfte Gluck mit der flachen Hand auf die Schreibtischplatte. »Bleiben Sie an Deck, lieber Christof, Ihr Vertrag läuft noch drei Jahre. Verhindern Sie das Schlimmste. Ich werde den Junior nicht aus den Augen lassen. Wenn er nur einen Fehler macht, haben wir ihn.«

Die Tequilas hatte Romberg ausgeschwitzt, doch er fühlte sich kraftlos. Als ob man ihm Verdünner in die Knochen gegossen hätte. Er sackte in seinem Stuhl zusammen. »Ich will ja kämpfen. Aber manchmal beschleicht mich das Gefühl, dass wir mit unserer guten alten Industrie dem Fortschritt im Wege stehen, dass wir von gestern sind.«

Gluck richtete sich hinter seinem Schreibtisch auf. »Quatsch. Vor einer Woche wollten Sie noch die Welt schultern! Ist bei Ihnen das Rückenmark verdunstet? Nehmen Sie sich ein Beispiel an mir. Ich bin alt wie Steinkohle und kann dennoch mit den Jungen mithalten.« Das

Burgunderfässchen wuchtete sich hoch. »So, jetzt muss ich los, Drachenfutter einkaufen.«

»*Was* kaufen Sie ein?«

»Ein schönes Geschenk für meine Frau. Morgen sind wir 40 Jahre verheiratet.«

Romberg musste lachen, auf einmal sah er nicht mehr nur Schwarz. Sie verließen gemeinsam die Kanzlei. Kurz bevor sie sich trennten, fragte Romberg aus einer Laune heraus: »Haben Sie nie daran gedacht, sich zur Ruhe zu setzen?«

Gluck blickte ihn erstaunt an. »Ein anständiger Anwalt arbeitet so lange in seiner Kanzlei, bis er tot hinausgetragen wird.«

4. KAPITEL

DIE BIENE MAJA

Rumms. Ein schweres Möbel krachte zu Boden. Dann wieder das Heulen und Tackern einer Bohrmaschine, dazu der Sirenengesang eines Marmorschleifers. Romberg fluchte in seinem Büro. Aus der Villa wurde langsam ein Tollhaus. Im Seitentrakt hörte er die Handwerker lärmen. Sie brachen gerade die Deckentäfelung im Büro des Alten heraus und begannen, die Wände für einen Durchbruch einzureißen. Die alte Schreibtischgarnitur war schon verschwunden und die alte Sekretärin dazu. Ein verhuschtes Wesen geisterte durch die Gänge – die neue Innenarchitektin. Der Erbe verlor keine Zeit.

Dafür war Geld da, dachte Romberg finster und sortierte die letzten E-Mails noch einmal. Besser wurden die Nachrichten dadurch nicht. Den Airbus-Auftrag hatten sie nicht gekriegt, sein Bauch hatte wieder einmal recht gehabt. Die Standard-Motoren waren bei drei weiteren Produzenten für Rasenmäher aus der Listung geflogen, und Sophie ließ sich immer schwerer an den Mann bringen. Er würde Eisele Feuer unter dem Hintern machen, denn mit Karl Gustaf kamen sie auch nicht weiter. Bad News ausgerechnet jetzt, da das erste Grundsatzgespräch mit dem Junior anstand.

Gestern hatte Köller junior angerufen und den Termin für heute fixiert. Kurz dachte Romberg daran, wie lange er ihn schon kannte. Sieben Jahre. Er hatte sich im persönlichen Umgang stets um Korrektheit bemüht, auch der Junior hatte sich einer kühlen Höflichkeit befleißigt. Das machte man so auf Managementebene. Aber tief in ihm hatte wohl der Hass geglommen. Gluck hatte recht.

Der Junior hatte damals nach dem Studium in Köln und Chicago alle Abteilungen bei der Köller AG durchlaufen. Schnell hatte sich ein großes Potenzial offenbart, doch mit dem Herzen war er nie dabei gewesen. Kleine Motoren bauen in einer kleinen Stadt, das war seine Sache nicht, wie Romberg bald gespürt hatte. Dann der Skandal, als der Alte für Wochen ins Krankenhaus musste und so gut wie tot schien. Romberg hatte es gar nicht mitbekommen, dass der Junior hinter dem Rücken des Alten die Firma verkaufen wollte. Der Vater war außer sich gewesen, als er überraschend zurückgekehrt war, und hatte sofort gehandelt. Seine Stimme hatte nach gehäckselten Rasierklingen geklungen, als er den Sohn und Romberg zu Gluck zitiert hatte, wo der Rauswurf des Juniors besiegelt worden war. Romberg schauderte, als er sich die Szene ins Gedächtnis rief. Dabei war es der Tag seines Aufstiegs gewesen.

Die Trennung hatte Stefan Köller scheinbar mit dem Gleichmut des Zockers hingenommen, eine durchaus beeindruckende Performance. Romberg war gespannt auf die Begegnung, zumal ihm Gluck vorhin mitgeteilt hatte: »Der Junior hat mir das Mandat gekündigt. Nach 40 Jahren im Dienste der Köller-Werke und per E-Mail. Habe es nicht anders erwartet.«

Romberg ging ans Fenster und musterte die Baumkronen im Park. Im Morgendunst sah er schemenhaft Luzie zwischen den Bäumen werkeln. Wenigstens etwas Bleibendes.

»Herr Köller ist da«, meldete Frau Deuerlein.

Romberg erhob sich, begrüßte ihn im Vorzimmer und geleitete ihn ins Büro. Der Mittdreißiger war ein Frauentyp, groß und fit, sah gut aus mit den fülligen blonden Haaren, die er sich bis über den Hemdkragen herunterkämmte. Englisches Jackett, offenes Hemd, Einstecktuch, die Hose mit Luxusknittern. Die ganze Lässigkeit der richtig Reichen. Das Selbstbewusstsein derer, die schon immer oben waren und die Gewissheit hatten, dass das so bleiben wird.

Der Erbe schüttelte ihm die Hand und sagte lächelnd, als er sich an den Besprechungstisch setzte: »Wir werden schon miteinander auskommen, lieber Herr Romberg. Die alten Geschichten, die sollten wir ruhen lassen.«

Romberg nickte stumm.

Ehe die Stille zu belastend wurde, fuhr Köller fort: »Was die Sache vor drei Jahren angeht, nun, ich war in Sorge um das Unternehmen und die Arbeitsplätze, es musste gehandelt werden. Es tut mir heute noch leid, dass mein Vater das so missverstand.«

Romberg ging nicht darauf ein und ergriff stattdessen die Initiative. »Reden wir offen, Herr Köller. Sie kennen den Plan, den Ihr Vater und ich hatten. Mein Angebot steht nach wie vor.«

Die hellgrauen Augen des Erben verengten sich um einen Millimeter. »Mein Lieber, daraus wird leider nichts. Die Firma bleibt im Familienbesitz, und ich werde mich ihr mit aller Kraft widmen. Das verlangt schon unsere akute Krise.«

Nun war klar, wer Koch war und wer Kellner.

»Und wie stellen Sie sich das im Einzelnen vor?«

»Ich übernehme den Vorstandsvorsitz, und dies sicher für lange Zeit. Sie bleiben natürlich im Vorstand, wir brauchen Ihre Erfahrung. Ich möchte mit Ihnen zusammenarbeiten.«

Quatsch, dachte Romberg. Eine Trennung von mir wäre dir derzeit zu teuer. Er verkniff sich jedoch einen Kommentar.

Der Junior griff sich eine Ausgabe der Mitarbeiterzeitung »Wir bei Köller« vom Tisch und betrachtete sie scheu. Für einen Moment genoss Romberg die Situation. Der Vater blickte den Sohn aus einem schwarzen Trauerrand heraus an.

Köller rollte die Zeitung zusammen und räusperte sich. »Das mit Airbus ist ein harter Schlag. Wir sind einfach zu teuer! Und der Deutsche mäht zwar weiter seinen Rasen, aber nicht mehr mit Motoren von uns. Ich habe da eine Idee – wir könnten sie in Rumänien fertigen lassen, dann wären wir wieder konkurrenzfähig. Hier am Standort haben wir 100 Leute zu viel an Bord.«

Romberg schluckte. »Lassen Sie uns das Ganze noch einmal durchrechnen. Vielleicht könnten wir die Fertigung hierbehalten und in diesem Sektor wenigstens eine schwarze Null schreiben.«

Köller lachte bitter. »Ich kann mit Nullen nichts anfangen und mit schwarzen Nullen auch nicht. Ich brauche Rendite. Ab zehn Prozent aufwärts können Sie mit mir über alles reden.«

»Und die 100 Beschäftigten? Sind nicht gerade überqualifiziert, aber treu und tüchtig. Manche von ihnen sind seit 20 Jahren bei uns. Ihr Vater hätte das nie zugelassen!«

»Lieber Romberg, wir betreiben hier keine beschützenden Werkstätten.« Der Junior saß entspannt am Besprechungstisch, hatte die Hände locker hinter dem Kopf verschränkt. Er sprach leise, näselnd. »Wer sich nicht ändert, wird verändert. Die Globalisierung geht weiter, wir müssen uns neu aufstellen, wir müssen uns jeden Tag neu erfinden.«

»Herr Köller, das haben Ihr Vater und ich Tag um Tag getan.«

»Wie auch immer, etwas externe Expertise wäre gut für uns. Ich kenne eine exzellente Beraterin aus London.«

Romberg beugte sich vor. »Aber wenn Karl Gustaf einschlägt, stehen wir wieder blendend da.«

»Wenn. Das ist doch wieder so eine Kopfgeburt Ihres Hausgenies. Ich sage es nochmals – wir müssen mit den Kosten runter, und zwar jetzt. Wir können uns diese Spinnerstube nicht mehr leisten. Ich finde Sophie immer noch sehr attraktiv. Wir werden sie ein wenig aufhübschen, das müsste reichen.« Über die Gesichtszüge des Erben legte sich Eis, von Eiseles Technikum sprach er wie von einer Leprastation. »Ich denke, wir sind uns einig.« Köller stand abrupt auf, gab Romberg kurz die Hand und verschwand.

Romberg ließ noch lange den Löffel in seinem Kaffee kreisen. Die Nachfolge war zum Greifen nah gewesen. Bitterkeit durchtränkte ihn wie lauwarmer Espresso. Er wird mich nicht so einfach los, sagte er sich, der nicht. Romberg stierte an die Wand, verlor sich in Gedanken an den Alten.

Der Friedhof am Rand der Rosenhöhe war beim Begräbnis schwarz von dunkel gekleideten Menschen gewesen. Ein IHK-Präsident war da, der örtliche MdB, viele Köllerianer, die langjährigen Kunden, aber auch die Unbeugsamen mit einem Kranz vom FC 1893 und Madame Lumpi im kleinen Schwarzen – sehr dezent, kein Latex. Bürgermeister Wuttke hatte wie üblich mehr über sich als über den Verstorbenen erzählt. Romberg war kein mitreißender Redner, das lernte man nicht als Wirtschaftsingenieur. Aber er hatte den Menschen einen Hauch davon vermittelt, was den Alten ausgemacht hatte. Der Erbe hatte nur kurz und seltsam hölzern gesprochen. Gluck dagegen hatte heiter und abgeklärt die Tradition beschworen, ähnlich wie Froloff auf seiner Sonderseite in der »Mainglocke« unter dem Titel »Der Letzte seiner Art«. Beim Leichenschmaus in den Brinkmann-Stuben hatten sie im kleinen Kreis gewaltigen Appetit entwickelt, die Erinnerung war in wärmenden Schwaden durch den Raum gezogen. Gluck hatte Romberg in die Seite gestoßen. »Wissen Sie noch, wie Sie vor zehn Jahren hier anfingen? Mit einem kleinen Gehalt und großen Plänen?«

Und ob er das wusste. Die Firma war auch damals durchgehangen. Er hatte voll auf Risiko gesetzt, das bescheidene Grundgehalt und eine Erfolgsprämie akzeptiert. Rasch war ihm der Turnaround gelungen, womit er sich den ersten Respekt des Alten erworben hatte. Als der sich dann von seinem Sohn trennte, hatte er das Aktienpaket erhalten, und heute gehörten ihm immerhin vier Prozent des Ladens.

Er dachte an den Alten, an jenen Sommer vor acht Jahren. Als diese Belgierin aus dem Nichts aufgetaucht war und Köller plötzlich helle Leinenanzüge trug, einen Aston Martin kaufte und diskret in Frankfurt parkte, denn die Schaffenfelser sollten nichts davon mitbekommen. Nie wieder hatte Romberg Köller so weich und beschwingt erlebt. Dann war von heute auf morgen alles aus gewesen mit der Belgierin. Köller hatte nie darüber gesprochen. Seit damals hatte Romberg eine fast zärtliche Zuneigung zu dem »Herrn Köller« gefühlt, wie Luzie Bazinek immer mit Betonung sagte. Ein Herr war er ja gewesen, hatte jeden Morgen grüßend den Hut gehoben, auch vor den Reinigungsfrauen. Der kleine Feingliedrige, zäh und mit sprühenden Augen, immer neugierig.

Romberg hatte Köller senior schätzen gelernt, ach was, es war mehr. Mitsamt seiner Marotten. Etwa der periodisch wiederkehrenden Angst, eines Morgens völlig verarmt aufzuwachen. Oder seiner Angewohnheit, die Bleistifte im Büro bis auf die Stummel aufzubrauchen und Papiere beidseitig zu beschreiben. Um am Abend schnell für ein lauschiges Dinner nach Venedig zu fliegen. Aber er war auch großzügig zu anderen gewesen, hatte Maß und Stil gehabt. Ohne sich dabei mit jedem gemein zu machen.

Gluck hatte sich in den Brinkmann-Stuben erinnert und zu Romberg gesagt: »Wissen Sie noch, wie sehr dem Alten dieser Angeber, dieser Starverkäufer von Airbus, auf den Geist ging?«

»Sicher. Als der ihm auf die Schulter klopfte und meinte, *wir beide* müssten zusammenhalten. Wie Köller zurückzuckte und sich die imaginären Stäubchen vom Revers schnippte. Selbst Topmanager waren für ihn Angestellte, mehr nicht.«

»Aber die Köllerianer hat er nie hängen lassen, auch nicht in den Konjunkturtälern.« Gluck hatte das Glas gehoben. »Auf ihn. So einer kommt nicht wieder.«

Sie waren noch lange zusammengesessen, hatten über das Kunstmuseum gesprochen, das die Köller-Stiftung im Lenné-Park errichten sollte. »Weißes Wunder« hatte der Alte den geplanten Bau genannt, der es mit den Glanzpunkten am Frankfurter Museumsufer aufnehmen konnte. Und mit einem prächtigen Etat für weitere Ankäufe.

Gluck hatte nachdenklich den letzten Schluck genommen. »Tja, lieber Christof, nun wird es nichts mehr mit der Unsterblichkeit.«

Romberg ließ los von den inneren Bildern und stürzte sich in das Tagesgeschäft. Am Nachmittag mailte ihm der Junior, dass übermorgen eine Iris Putlitz ins Haus komme. Aha, die externe Expertise aus London.

Nach einigen Anrufen wusste Romberg mehr. Die Putlitz war Investmentbankerin und der frühere Shootingstar im Londoner Büro der Unternehmensberatung McKlusky. 35 Jahre alt, Spitzenausbildung in St. Gallen und der Managementschmiede Fontainebleau, jetzt selbständig. Er informierte Gluck, der trocken meinte: »Die Dame kommt sicher nicht als Biene Maja, eher als Heuschrecke.«

Zwei Tage später stand Romberg am Fenster seines Büros und blickte auf den Besucherparkplatz vor der Villa. Ein Mini in Metallicschwarz fuhr vor. Das musste die externe Expertise sein. Aschblond, nach hinten gekämmtes Haar mit Nackenknoten, feine Gesichtszüge. Kein Zweifel, die Putlitz. Perlmuttblaues Kostüm, streng und schick. Romberg registrierte einen eleganten Gang, einen Anflug von Erotik, wenn auch tiefgekühlt.

Mitten in seine externe Expertise hinein legte sich plötzlich eine Hand auf seine Schulter.

»Verzeihung, ich habe mehrfach geklopft. Aber Sie waren so in Gedanken versunken.«

Der rotgesichtige Hemmerle war da, in seinem kastenförmigen Jackett mit den zu langen Ärmeln. Er schien höchst besorgt. Der Betriebsratsvorsitzende war vor Urzeiten aus Nordwürttemberg gekommen, dem Vorzeigebezirk der IG Metall. Romberg könnte nicht aufzählen, wie oft er mit ihm schon Krach gehabt hatte, aber beide wussten, was sie aneinander hatten. Karl Hemmerle hielt zu jedem 1. Mai eine schöne linke Rede, verstand aber auch etwas von Bilanzen. »Ich bin kein Betonkopf. Sogar ich weiß, dass das Geld nicht in den Büschen hinter der Villa wächst«, sagte er oft, wenn sie sich wieder einmal zankten. Er war absolut verlässlich, hatte Kraft und Herz. Hemmerle glättete jeden Morgen mit Hingabe das rot-gelbe IG Metall-Fähnchen auf seinem Schreibtisch, und abends mühte er sich, dem kürzlich wiederbelebten SPD-Ortsverein Schaffenfels zusätzlichen Schwung zu geben. Sie trafen sich im »Uhrtürmchen« in der Altstadt und sangen die alten Lieder.

Hemmerle schob seinen massigen Körper Richtung Fenster und zeigte auf den Parkplatz. »Die Dame da war gestern schon beim Junior. Anschließend schaute sie aus Versehen bei mir herein. Sehr höflich. Aber sie hat mich taxiert wie ein übrig gebliebenes Sofa.«

Romberg blickte ihn fragend an.

Hemmerle seufzte: »Ich habe nichts Konkretes. Möchte nur mal wissen, wie es bei uns weitergeht.«

Romberg zuckte mit den Schultern. »Mein lieber Hemmerle, das wüsste ich auch gerne.«

Hemmerle empfahl sich, auch weil Romberg offenkundig nicht ganz bei der Sache war.

Vor wenigen Minuten hatte ihn Gluck angerufen und gesagt: »Es muss ja nichts bedeuten, lieber Freund, aber ich habe Seltsames über den Junior gehört.«

»Was denn?«

»Mir hat er erzählt, er sei aus London gekommen, nachdem er vom Tod seines Vaters erfahren hat. Ich habe aber herausbekommen, dass er schon einen Tag früher in Schaffenfels war. Im Hotel Brinkmann-Stuben hatte er eine Suite reserviert, das weiß ich aus sicherer Quelle.«

»Was wollen Sie damit andeuten?«

»Was, wenn er bereits am Abend vor dem angeblichen Herzinfarkt hier war und seinen Vater aufgesucht hat? Und dessen Ableben vielleicht ein wenig beschleunigt hat?«

Romberg hatte den Kopf geschüttelt. »Sie lesen zu viele Krimis. Ich traue dem Junior allerhand zu, aber das nicht. Wer hat eigentlich den Totenschein ausgestellt?«

»Der langjährige Hausarzt. Ein ordentlicher Allgemeinmediziner, mehr aber auch nicht. Der hat sich den Senior wohl kurz angeschaut, an dessen schwaches Herz gedacht und dann sein Häkchen gemacht. Die Familie Köller ist ja wer in Schaffenfels, da stellt man nicht zu viele Fragen. Was glauben Sie, wie viele Morde in Deutschland jährlich unentdeckt bleiben!«

»Hm, wollen Sie den Senior etwa exhumieren lassen?«

Gluck hatte missmutig geantwortet: »Täte ich ja gerne. Aber ohne konkrete Anhaltspunkte wird das nicht möglich sein. Dennoch behalte ich das im Auge.«

Romberg spähte erneut aus dem Fenster. Nein, das konnte er sich nicht vorstellen. Da ging bestimmt die tiefe Abneigung durch mit dem alten Anwalt. Dennoch hatte der Junior die Bühne mit einer Lüge betreten. Jahrelang hatte er sich hier nicht blicken lassen. Was hatte er ausgerechnet an jenem Abend in Schaffenfels gewollt?

5. KAPITEL

EINE ENTE HEBT AB

»Weshalb sind Sie hier, was ist Ihr Job?«, fragte Romberg.

»Ich bringe lahme Enten zum Fliegen«, sagte Iris Putlitz und trank einen Schluck Perrier.

»Oder zum Rupfen.«

Sie zauberte ein Lächeln in ihre Gesichtszüge. Iris Putlitz war nicht ebenmäßig schön, fiel Romberg auf. Ihre eckigen Hüften camouflierte sie sehr geschickt. Ihre Nase hob sich keck von den Wangen ab, und gerade das übte einen sanften Sog auf ihn aus. Die grünen Katzenaugen blickten spöttisch.

»Na, na. Ich will nur das Beste für die Zukunft von Köller.«

»Für die Zukunft von Herrn Köller junior schon, das glaube ich gerne.«

Sie saßen zum Lunch in den Brinkmann-Stuben am St.-Helena-Platz. Als Romberg Iris Putlitz eingeladen hatte, hatte sie gemeint, dass sie eigentlich keine Zeit habe. In New York sei Mittagessen etwas für Loser.

Nun orderte sie einen schnellen Salat, dazu Mineralwasser. Romberg hätte sich gerne die Roulade mit Klößen und ein Bier gegönnt. Aber das sah behäbig aus, zu loserhaft. Also auch den trostlosen Fitnessteller.

Unauffällig musterte er sie weiter. Sparsamer Lidschatten. Das Kostüm war teuerstes Understatement, das kannte er noch von Marie. Die Tasche von Hermès. Kein auffallender Schmuck, kein Ehering. Langsames Abtasten. Nein, sie brauche kein Zimmer in Schaffenfels, sie wohne im Interconti in Frankfurt. Die paar Kilometer fahre sie gerne. Wie ich, dachte Romberg. Er erzählte zunächst von Schaffenfels, von den Menschen hier und ihren Freuden und Nöten. Sie hörte leicht genervt zu, fand es offenbar so spannend wie einen Vortrag über Volkstänze.

Dann kam er zur Sache. Sie fragte wenig, doch ihr Blick sagte »wie langweilig«. Romberg hatte den Eindruck, dass sie schon vieles wusste, dass alle relevanten Daten in ihrem silbernen Notebook ruhten, das sie stets mit sich schleppte. Dennoch berichtete er, dass die Köller AG in den letzten zwei Jahrzehnten nie mit Verlust abgeschlossen und keine Bankschulden habe. Außerdem sei die Kriegskasse gut gefüllt. »Die aktuelle Krise werden wir überstehen. Ich habe einige Ideen, um uns beweglicher zu machen. Und wir haben ein paar Kracher in der Pipeline. Es ist kein Beinbruch, wenn wir mal ein Jahr ohne Gewinn operieren.«

Sie blickte ihn an, als hätte er eine Vorliebe für Knaben gebeichtet. »Keinen Gewinn? Schon die Renditen der letzten Jahre waren mäßig.«

»Der Senior und ich fanden sie ausreichend.«

»Ausreichend ist nicht gut genug.«

Die Putlitz sprach freundlich, aber bar jeder Emotion. Die redet mit dir wie mit einem Onkel, der nicht mehr ganz auf der Höhe ist, dachte Romberg.

Sie hielt ihm einen kurzen Vortrag über die Kosten und nochmals die Kosten, dazu einen kleinen Exkurs zum Thema Nichtswirdmehrsoseinwieeseinmalwar. Weiche Wölkchen ihres Parfüms schwebten an ihm vorbei. Eine dezente Mischung aus Zimt und Zedernholz. Sie schloss mit den Worten: »Sie haben viel für das Unternehmen getan, Respekt. Aber wir müssen noch schlanker und schneller werden. Was ich mit dem Bild der Ente meinte – die meisten Unternehmen sind voller verborgener Reserven. Es gilt, diese Schätze zu heben.«

»Und Sie schleppen dann die Beute ab?«

Sie lachte. »Ich weiß, Sie halten mich für eine Heuschrecke, obwohl das ein Ausdruck von gestern ist. Übrigens, warum wollen Sie eigentlich nicht Schluss machen, mit 50? Sie haben es sich verdient, und ganz mittellos sind Sie ja nicht.«

Romberg wehrte ab. »Soll ich mich für einen Töpfereikurs für Senioren anmelden? Ganz sicher nicht.«

Sie vertilgte das letzte Salatblatt, checkte ihr Smartphone, trank das Wasserglas aus, fuhr das Notebook herunter, schaute auf die Uhr und stand auf. Dies alles in einer fließenden Bewegung. Ein durchökonomisierter Wirbelwind, fand Romberg, der sich eher ächzend von seinem Platz löste.

Im Fortgehen reckte sie die kecke Nase. »Dann lassen Sie uns gemeinsam loslegen. Als Erstes schneiden wir die Fettränder weg. Wollen Sie mir dabei helfen?«

Aber nach ihrer Taktzahl, dachte er bei der Fahrt zurück ins Werk.

Die Tage darauf wurde die Putlitz zu einer vertrauten Erscheinung und nahm Besitz von der Villa. Sie bezog ein kleines Büro direkt neben der neuen, schneeweißen Chefetage des Juniors. Romberg steuerte wie bisher den Alltag der Firma, zugeschüttet mit Details. Das Zimtwölkchen legte los, jedoch ohne ihn. Täglich lief mehr an ihm vorbei.

Als er zufällig von ihrer Reise zu Dow nach Midland/Michigan hörte, platzte ihm der Kragen. Er rief Köller junior an.

Der gab sich zerknirscht. »Entschuldigung, bei unserer Neuaufstellung geht einiges durcheinander. Natürlich fliegen Sie mit. Ist ja Ihr Projekt.«

Die Ente hob ab, aber ohne ihn. Der Junior und die Putlitz entwickelten ein Höllentempo. Zu allem Überfluss wurden sie unterstützt von drei Juniorberatern von McKlusky, der neuen Leibgarde der Putlitz.

Romberg entglitt die Kontrolle, und er konnte nichts dagegen tun. Ich bin ein Loser, fuhr es ihm durch den Kopf, als er an einem Donnerstagabend den Fiat Richtung Altstadt steuerte. Er freute sich auf Gluck, der ihn im »Uhrtürmchen« erwartete, der gemütlichen Kneipe mit den Butzenscheiben in der Rupertigasse, direkt neben der Redaktion der »Schaffenfelser Mainglocke«. Das Lokal war voll, durch die niedrigen Räume mit der Holzdecke schwebte ein guter, kräftiger Geruch – es gab Schweinsrollbraten nach Großmutters Art, eine Spezialität des Hauses. Das »Uhrtürmchen« war auch das Vereinslokal des 1. FC Schaffenfels 1893. Die Fußballer hielten sich seit Langem in der 3. Liga. Ihr Stadion, die Otto-Wuttke-Kampfbahn am Fuß der Rosenhöhe, war uneinnehmbar. Sie hießen »die Unbeugsamen«. Sie würden niemals absteigen, nie.

Gluck hockte schon am runden Stammtisch in der Ecke gegenüber der Theke, hinter sich an den dunklen Holzpaneelen die Rahmen mit den gelbstichigen Zeitungsausschnitten unter Glas. Das war der Hausaltar des Vereins.

Ein Strahler war speziell auf den Bericht mit der roten Schlagzeile von 1998 gerichtet. Der 1:0-Sieg über Bayern München, erste Hauptrunde im DFB-Pokal. Der größte Triumph der Vereinsgeschichte. Auf einem Sims ruhte die Hauptreliquie in einem Glaskubus: ein grau-weißer runder Fleck mit zotteligem Wurzelwerk. Das war der Elfmeterpunkt, den ein Fan nach dem verwandelten Strafstoß in der 81. Minute aus dem Rasen geschnitten hatte.

Gluck deutete genießerisch darauf. »Da haben wir ihnen die Lederhosen ausgezogen. Kann mich nicht sattsehen daran.«

»Leider steht es bei mir 0:5«, erwiderte Romberg.

»Bitte berichten Sie.«

»Ich habe viel zu tun und nichts zu sagen. Vor allem, seit die McKlusky-Brüder eingefallen sind.«

Glucks Krötenaugen glitzerten. »Die Herren Consultants. Die nehmen dir die Uhr weg, um dir zu sagen, wie spät es ist. Und das für einen Tagessatz von 3.000.«

Romberg lachte. »Tja, diese 29-Jährigen von McKlusky. Sind ja berühmt für ihre Klugheit, ihre menschliche Reife und soziale Kompetenz, die immense praktische Berufserfahrung.«

Gluck legte noch einen drauf. »Am Ende verkaufen sie euch eine 300-Seiten-Studie mit der Empfehlung, möglichst billig einzukaufen und möglichst teuer zu verkaufen.«

»Donnerwetter, darauf wäre ich in 30 Jahren nicht gekommen. Aber im Ernst – ich fürchte, Köller hat sie geholt, um Entlassungen durchzudrücken, wenn nicht Schlimmeres.«

Gluck mochte keine Berater. »Die sind doch größtenteils überflüssig, eine Modeerscheinung. Aber jeder, der etwas auf sich hält, hat heute Berater. Dann diese Investmentbanker, diese Heerscharen von Anwälten, die leben von der ständigen Bewegung, vom Kaufen und Verkaufen, vom Fusionieren und Filetieren. Sie schaffen jedoch nichts Bleibendes, keine Werte.«

»Für sich schon«, erwiderte Romberg.

Beide blickten stumm in ihre Gläser, in denen sich der weiße Schaum im goldgelben Bier verflüchtigte. Im »Uhrtürmchen« wurde ausschließlich »Schaffenstolz Gold« ausgeschenkt aus der örtlichen Privatbrauerei »Schaffenstolz 1612«.

Gluck hielt sein Glas gegen das Licht. »Die Brauerei hat den 30-jährigen Krieg überlebt, danach Coca Cola, und sie wird auch die McKluskys dieser Welt überdauern.« Darauf trank er und sagte dann: »Der Junior und diese Frau Putlitz haben eine Teufelei vor, das sagt mir mein Bauch. Wie ist denn die Dame so?«

Romberg genehmigte sich ebenfalls einen großen Schluck. »Sie ist eine Hexe.«

6. KAPITEL
DER ONKEL LÄUFT

In den folgenden Tagen traf Romberg die Hexe in der Villa öfter auf dem Flur. Aber sie huschte stets an ihm vorbei, das Handy am linken Ohr, in der Rechten das Notebook, im Schlepptau einen Juniorberater. »Sorry, jetzt bitte nicht«, war alles, was er von ihr hörte. Dann war sie weg, einen Hauch Zimt- und Zederndūft hinterlassend. Der Junior war abgetaucht, ließ nur ab und an per E-Mail von sich hören.

An einem Wochenende wagte sich Romberg aus seiner Wohnung in der Eysseneckstraße. Er war stolz auf sich, endlich hatte er sich dazu durchgerungen, im Holzhausenpark zu joggen. Bald würde er auch das Rauchen aufgeben. Ganz sicher, er hatte es rot in seinem Terminkalender für den 1. Januar notiert.

Gutes Wetter, die Stimmung stieg. Da sah er vor sich eine schlanke Frau laufen, in abgeschnittenen Jeans und mit einem Stirnband, das flott an ihr aussah. Ihr Lauf war unrund, sie hielt die Arme falsch. Plötzlich blieb sie stehen und griff sich an die Seite, hektisch atmend. Sieh an, die Putlitz. Schön, dass es etwas gibt, was sie nicht kann. Er holte sie ein.

»Oh, Herr Romberg. Sie sind ja flott unterwegs.«

Da schaust du, wie gut der Onkel noch drauf ist, dachte er, sagte aber: »Liebe Frau Putlitz, Sie haben Seitenstechen. Sie laufen zu schnell und Sie atmen falsch. Wie kommen Sie überhaupt hierher?«

Sie ließ sich ins Gras neben dem Weg fallen. Wie sie da kauerte, hustend, schweißüberströmt und mit den Augen tief in den Höhlen, kam sie ihm verletzlich und biegsam vor. Er verspürte den Wunsch, sie in den Arm zu nehmen. Doch Vorsicht, auch Plastiksprengstoff war biegsam.

Sie erholte sich rasch. »Ich besuchte eine Freundin, und da habe ich einen kleinen Lauf eingeschoben. Sie wohnen wohl auch hier? Sehr schön, dieses Holzhausenviertel. Und danke für die Lauf-Tipps. Sieht so aus, als könnte ich noch etwas von Ihnen lernen.«

»Zumindest auf diesem Gebiet.«

Sie blickte ihm direkt in die Augen. »Was ich die ganze Zeit sagen wollte – das mit uns beiden läuft nicht gut in Schaffenfels. Ich würde Sie gerne viel mehr einbeziehen, aber ich bin nur Beraterin, ich habe meine Vorgaben. Wenn Sie wissen, was ich meine.«

»Ich kenne den Vorgeber. Ganz ungelegen kommen Ihnen die Vorgaben auch nicht, oder?«

Sie seufzte. »Mag sein. Ach, Herr Romberg, warum lassen Sie nicht einfach los?«

Er schüttelte den Kopf. »Haben Sie noch etwas Zeit?«

Sie nickte, und er führte sie zu einer Bank mit Blick auf das Holzhausenschlösschen am Rande des Parks, direkt am Teich rund um den zierlichen Rokokobau. Eine Fontäne sprudelte hell, Enten zogen übers tiefgrüne Wasser. Auf dem Rasen picknickten die Leute. Er liebte diese Oase inmitten der Stadt.

Auch ihr schien es zu gefallen. »Ein friedliches Plätzchen ist das hier.«

»Friedlicher als die Villa Köller.«

»Womit wir beim Thema wären.«

Romberg musterte verstohlen seinen Bauchansatz. Komisch, dass er neben ihr immer so nervös war. Er ergriff die Initiative. »Kennen Sie eigentlich die Regelsätze für Hartz IV?«

»Sind mir im Moment nicht geläufig.«

»Mit einem Monatssatz könnten Sie immerhin eine Nacht in Ihrer Hotelsuite bezahlen.«

»Sie reden schon wie Ihr Freund Hemmerle. Worauf wollen Sie hinaus?«

»Ich will keine Entlassungen. Wir sind in schwerer See, aber das können wir abbrettern.«

Ihr Mund wurde schmal. »Sie können die Entwicklung nicht aufhalten. Um Ihre Schäfchen tut es mir leid, aber sie werden nicht mehr benötigt. Irgendwo werden die schon wohnen können. Und glücklicherweise gibt es heute billiges Essen und Unterhaltung rund um die Uhr. Es ist zu wenig Arbeit für alle Angestellten da.«

»Ach was! Leute wie Sie kommen eingeflogen, ziehen ihr Ding durch und kehren die Menschen dem Sozialstaat vor die Tür.«

Sie lachte. »So stellt sich der kleine Moritz den Unternehmensberater vor. Schon zum Frühstück verspeise ich drei pochierte Betriebsräte. Ich werde unpässlich, wenn ich nicht jeden Tag 100 Leute rauswerfe. Ich bin eine kerosingetränkte Nomadin und wohne im Jet. Und abends schlürfe ich einen Eimer Champagner im Interconti.«

»Ist es nicht so?«

»Dann kommen Sie doch mal auf ein Schlückchen vorbei.« Iris Putlitz stand auf. »Und jetzt habe ich Durst, aber auf was anderes.«

Sie wechselten quer durch den Park zu einem Kiosk, wo Stühle unter schattigen Bäumen warteten. Romberg holte zwei Apfelschorlen.

Sie leerte ihr Glas in drei Zügen und sagte anschließend: »Ich muss Sie auch bezüglich Karl Gustaf enttäuschen. Dieses Forschen und Entwickeln dauert viel zu lange. Im Maschinenbau sind die Renditen ohnehin lausig. Mit anderen Investments ließe sich viel mehr verdienen. Ihre Bastelstube können Sie vergessen. Wir optimieren unsere Strukturen und machen ein geschicktes Marketing, das muss reichen.«

Romberg ließ sich nicht provozieren. »Wir sind stolz auf unsere Bastelstube. Stolz wie ein Handwerker, der Freude an der Qualität hat, die er produziert.«

Sie starrte ihn verständnislos an.

»Ja, wir sind nicht unbedingt cool. Der Senior und ich wollten etwas gestalten. Wir waren keine wohltätigen Schlafmützen, die Zahlen mussten stimmen, aber kurzfristige Gewinnmaximierung hat uns nicht interessiert. Der alte Köller ist dabei reich geworden und ich wohlhabend. Doch das hat sich eher beiläufig ergeben.«

Iris Putlitz grinste ironisch. »Aha, das Unternehmen als Gesamtkunstwerk? Jeder werkelt an seinem Platz, dann gemütliches Beisammensein, der Patron segnet die Mannschaft und man geht gestärkt wieder an die Arbeit. Dass ich nicht lache! Kommen Sie, gehen wir noch eine Runde durch den Park.«

Sie schlenderten an der Fontäne vorbei, und Iris Putlitz fasste ihn am Arm. »Kürzlich war ich in der Villa Köller im Aufzug mit einigen Mitarbeitern. Einem hing das Hemd aus der Hose, der andere umklammerte seine Thermoskanne und sprach schon mittags vom Feierabend. Im Verwaltungstrakt habe ich gleich drei Ficus-Benjamini-Typen gesehen. Sie kennen die doch – die Zimmerpflanze im Büro wird andächtig gepflegt, dazwischen im Internet gesurft auf der Suche nach einer Schnäppchenreise.« Sie schwieg kurz und stieß dann hervor: »Ich brauche Resulter, keine Underperformer.«

Romberg lächelte. »›Underperformer‹ – ein schöner Ausdruck. Die sind auch mir ein Dorn im Auge. Aber sie wären vielleicht motivierter, wenn sie eine Perspektive hätten.«

Sie verfiel in einen nachsichtigen Tonfall. »Offenbar leben Sie noch in der guten alten Deutschland AG. Doch die gibt es nicht mehr. Sie war zu gemütlich, zu renditeschwach. Sie spielen in Ihrem Schaffenfels Regionalliga – ich kenne die Weltliga. Für die Spitzenleute ist der Standort Deutschland heute nur noch eine Option unter Hunderten anderen. Wir denken global, wir träumen sogar in Englisch. Wir gehen dorthin, wo die Wachstumschancen winken, wo die Leute den richtigen Spirit haben.«

Romberg blieb stehen. »Meine Köllerianer wissen zwar nicht, was Spirit ist, aber sie können ranklotzen, wenn man ihnen die Chance gibt. Liebe Frau Putlitz, uns trennen mehr als 15 Jahre.«

Sie zog die Augenbrauen hoch. »Sie kennen mein Alter?«

»Google weiß alles. Sogar ich kann damit umgehen.«

Als sie sich trennten, spürte er trotzigen Mut. Die Putlitz kann sagen, was sie will, ich bin immer noch im Vorstand.

Die Stimmung hielt an bis Dienstag gegen zwölf. Es war so ruhig in der Villa, und Romberg fragte Frau Deuerlein: »Wo sind die eigentlich alle?«

»Um zwölf beginnt das Strategie-Meeting. Sind Sie nicht dabei?«

»Offensichtlich nicht!« Ohnmächtige Wut. Am liebsten hätte er in Deuerleins Aktenschrank getreten, den mit den Reisekostenabrechnungen, oder gegen die Wand. Aber die war ja mittlerweile aus Gummi in dieser Villa.

Die gute Frau Deuerlein litt mit ihm. Und stellte den Anruf aus Toulouse durch. Ein Geschäftsfreund bei Airbus, zehn Jahre vertrauensvolle Zusammenarbeit.

»Lieber Herr Romberg, ich wollte Ihnen alles Gute wünschen.«

»Wofür?«

»Für den Ruhestand. Sie hören doch auf?«

»Wer sagt das?«

»Komisch, das sagen alle in der Branche.«

»Ach wo, ich mache weiter.«

Stille. Dann ein Räuspern. »Sollte mich freuen. Na dann.« Es klang nicht sehr überzeugt.

Nach diesem Gespräch saß Romberg wie gelähmt vor dem Schreibtisch. Sein Blick glitt zu Maries Bild im Silberrahmen hinüber. Sie fehlte ihm und er würde sie jetzt gerne um Rat fragen. Er fühlte, wie Unsichtbare einen feinen Faden um ihn spannen, Tag um Tag. Die Fäden liefen über Brust und Rücken, die Hände und Füße, den Kopf. Es wurden immer mehr, bald würde ihn das Geflecht einhüllen wie ein dichter Kokon. Dann wäre er gut verpackt und reif zur Entsorgung.

7. KAPITEL
IM STERBEZIMMER

Lange betrachtete Romberg das Porträt des ersten Friedrich. Friedrich Köller, der Firmengründer in Öl. Er hatte mit einer schlichten Schlosserei angefangen, drei Arbeitern und einem »Beamten«, wie Angestellte damals hießen. Er blickte von der Stirnwand ins große Konferenzzimmer der Villa. Ein würdevoller Mann im Paletot, mit Backenbart am Stehpult. Sein Aufstieg war sagenhaft gewesen und ebenso sagenhaft die Art, wie er zweimal ganz knapp am Bankrott vorbeischrammte. Na, alter Feuerkopf, das hättest du dir nicht vorstellen können, was die mit deinem Laden anstellen!

Es war Sonntag, 8 Uhr. Iris Putlitz liebte Meetings am Wochenende und zu dieser Zeit. Romberg gedachte gerade, sich weiter mit dem alten Friedrich zu unterhalten, als die Tür aufging und die Hexe nebst Hofstaat hereinstob. Sie hatte Ringe unter den Augen, das Make-up konnte nicht vertuschen, dass sie völlig übermüdet war. Aber sie war der Wille pur. Heute wollte sie mit ihm und den fünf Abteilungsleitern wieder einmal Fettränder abschneiden. Jeder Abteilungsleiter hieß jetzt Vice President, hatte jedoch nichts zu sagen.

Missgelaunt setzte sich Romberg an den ovalen Mahagonitisch, ihr direkt gegenüber.

Sie war in Schlachtschiffgrau erschienen, mit hochgeschlossener weißer Bluse. Sie fuhr ihr dünnes Notebook hoch und setzte sich die Brille zurecht. Das Notebook surrte, die ersten Zahlenkolonnen flackerten über den Bildschirm. Sie richtete einen kalten Blick in die Runde. »Meine Herren, ich habe gestern mal summiert, was sich die Firma nebenher alles leistet. Es mögen Peanuts sein, aber sie sind symptomatisch. Ich frage mich wirklich, was das mit dem Kerngeschäft zu tun hat.« Schneidend entwarf sie das Bild einer zügellosen Verschwendung. Sie geißelte die Zuschüsse an den FC 1893.

Die hat ja keine Ahnung, wie teuer heute schon die 3. Liga ist, dachte Romberg. Und die Haupttribüne im Wuttke-Stadion sackt bald durch, so marode ist die.

»Also, für diesen komischen Verein gibt's nichts mehr«, sagte sie.

»Damit stoßen Sie ins Herz von Schaffenfels«, erwiderte Romberg.

Die Putlitz musterte ihn verständnislos. Keiner aus der Runde sprang ihm bei. Merkwürdig. Drei Vice Presidents saßen bereits auf dem Schoß der Putlitz, aber zwei hatten bislang noch zu ihm gehalten. Es war ihnen schlecht bekommen, denn seit Kurzem arbeiteten sie im hinteren Anbau der Villa, in den muffigen Räumen neben dem Firmenarchiv. In den Sterbezimmern.

Nächster Punkt. Die jährlichen Zahlungen an den Verschönerungsverein Schaffenfels 1947 e. V. Ihr Ton wurde mokant: »Das canceln wir. Abgesehen davon, dass Schaffenfels kaum verschönerungsfähig ist – was hat das mit der Firma zu tun?«

In Romberg schäumte Wut auf. Arrogante Schnepfe, dummes Großstadtgewächs. Weiß nicht, wie viel der

Verschönerungsverein für das Städtchen getan hat. Die Platanen für den St.-Helena-Platz, die Sanierung des Brentanohäuschens in den Lützelauen, der Bau des Heimatmuseums. Und alles ehrenamtlich.

Ungerührt fuhr sie fort. Sie kappte die Förderung des Schaffenfelser Musiksommers ebenso wie die Zahlungen für die Jahresausflüge der Köller-Pensionärsvereinigung an den Edersee – »Wir sind doch kein Freizeitpark!« Die Renovierung der Kantine wurde gestrichen und die Zuschüsse für das Schaffenfelser Erdbeerfest. »Erdbeerfest – was ist das überhaupt?«, fragte sie pikiert.

»Erdbeerfest« klang aus ihrem Mund wie ein lächerlicher Ritus von Eingeborenen, der von Staats wegen schon lange verboten gehörte. Romberg hatte keine Lust, ihr das Fest zu erklären. Das war mythischer Urgrund, das gehörte zu den Genen von Schaffenfels. Seit Menschengedenken wuchsen die Erdbeeren auf den riesigen Feldern zum Main hin, noch immer lebten zwei Dutzend Bauern davon. Das Fest fand einmal jährlich auf dem St.-Helena-Platz statt und kulminierte in der Krönung der Erdbeerkönigin. Seit dem ersten Friedrich unterstützte die Firma das Fest. Kurz stellte er sich die Putlitz als Erdbeerkönigin vor. Nein, das passte nicht.

Die Putlitz verbiss sich in die Kosten für die Mitarbeiterzeitung »Wir bei Köller«, und Rombergs Lider schlossen sich sanft. Dieser ganze Scheiß hier ist mir sowas von zuwider, gönnen wir uns einen Tagtraum, dachte er.

Plötzlich schob Iris Putlitz ihr Notebook von sich und sprang auf. Wild warf sie den Kopf mit dem kecken Näschen hin und her, ihr Haarknoten löste sich und entfaltete eine aschblonde Prachtmähne, sie riss ihre Bluse auf …

»Ist Ihnen nicht gut, Herr Romberg? Ich bitte um Nachsicht, wenn mein Tempo zu hoch ist.« Iris Putlitz schaute ihn feixend an.

Romberg rieb sich die Augen. »Verzeihung, ich war eben etwas abgelenkt. Aber ich gehe noch jedes Tempo mit, wie Sie ja wissen, liebe Frau Putlitz.«

Er setzte sich auf und begann, den Etat für »Wir bei Köller« zu verteidigen. Dabei rumorte es in ihm. Wenn die Putlitz die Haare offen tragen würde, ohne diese Brille und raus aus der Business-Verkleidung, dann ... Doch was soll's. Sie ist und bleibt eine Hexe. Er gab sich einen Ruck. »Die Zeitung hat sicher nicht das Flair von ›The New Yorker‹, aber sie wird gern gelesen.«

In dem Blatt schrieben die Mitarbeiter die »Aufsätze«, wie sie die Beiträge nannten, meist selbst. Ganz wichtig die Personalseite mit den Beförderungen und Auszeichnungen. Für 25 Jahre Betriebszugehörigkeit gab es die Ehrennadel in Gold nebst einem schön geformten »K« aus Saphirsplittern. Die Leser hingen an der Zeitung, so wie sie seit den 1980ern war. Die aktiven Mitarbeiter lasen sie, ihre Frauen und die Pensionäre. Die Fotos hatten etwas Rührendes, wenn die Leute unbeholfen in die Kamera schauten in ihren blauen Arbeitsanzügen, behelmt vor einer Maschine oder an der Werkbank stehend. Und immer mit Stolz.

»Wenn wir das Blatt einstellen, verlieren die Leute ein Stück Heimat. Die Zeitung ist wichtig für die Identität der Köllerianer.«

Die Putlitz blieb unberührt. »Mit Heimat können wir uns nichts kaufen. Wir stellen um auf das Intranet. Da stehen schon jetzt die wichtigsten Informationen.«

»Aber oft auf Englisch.«

»Dann sollen die Leute Englisch lernen. Kann doch heute jedes Kind.«

Mein Gott, wäre das Weib doch im Holzhausenpark verröchelt. Romberg konnte seinen Zorn kaum noch zügeln.

Im seinem Jackett vibrierte es. Er blickte kurz auf das Handy, eine SMS von einem der Sterbezimmerbewohner. »Sie haben völlig recht. Aber wenn ich was sage, frisst die mich endgültig.« Er nickte dem armen Teufel wortlos zu.

Die Putlitz schloss das Meeting und schritt zielstrebig aus dem Raum. Nicht ohne Romberg mit einem Blick bedacht zu haben, den er nicht recht zu deuten wusste.

In den Wochen darauf schnitt das Zimtwölkchen nicht nur Fettränder ab, sondern tranchierte bis auf die Knochen. Das Ausbildungszentrum wurde geschlossen, die Kantine betrieb nun eine Fremdfirma, das Essen wurde doppelt so teuer. Die Anwendungstechnik wurde ausgekämmt, nur wenige retteten sich in die neue KoellerServ GmbH, eine kleine Tochter mit noch kleineren Gehältern. Die Kollegen vom Vertrieb durften sich ein Notebook anschaffen und im Home Office von zu Hause aus arbeiten. Besuche in der Villa waren erlaubt, aber auf eigene Kosten. Besser standen die Sekretärinnen, die jetzt Office Manager hießen, was mit dem Verzicht aufs Weihnachtsgeld einherging. Den meisten Lieferanten aus dem Städtchen wurde gekündigt, bis hin zu »Bürobedarf Bollinger«.

»Wir beziehen nun aus Tschechien, ist viel billiger«, verkündete die Putlitz.

»Und was machen Sie, wenn wir mal dringend was an einem Sonntag brauchen, Ihrem Lieblingsarbeitstag? In solchen Fällen hat ein Anruf genügt, und Bollinger hat uns geholfen. Wollen Sie etwa rüber nach Tschechien jetten, Briefbögen holen?«, höhnte Romberg.

Sie blickte giftig zurück.

8. KAPITEL WEIHNACHTSBESCHERUNG

Überraschend bat der Junior um ein Gespräch. Er nannte sich nun Chief Executive Officer, fortan hieß es in der Villa ehrfürchtig: »Der CEO hat gesagt ...« Und eigens für den CEO wurde ein neuer Parkplatz vor der Villa ausgewiesen, wo sonst nur die Besucher ihr Auto abstellten. Romberg hatte nicht schlecht gestaunt, als er das Fahrzeug des Juniors zum ersten Mal erblickt hatte. Kaum zu glauben, es war ein silberfarbener BMW Gran Turismo, exakt das Modell, das er selbst fuhr. Damit hörte ihre Gemeinsamkeit aber auch schon auf.

Blendend weiß war das neue Büro, in dem der Junior Romberg empfing. Die Innenarchitektin hatte ganze Arbeit geleistet, hatte Romberg gedacht, als er ihre exotische Rechnung zur Zahlung angewiesen hatte. Immerhin war auch sein eigenes Büro einer Auffrischung unterzogen worden. Teuer auch das neue Firmenlogo, das eine Düsseldorfer Werbeagentur entworfen hatte. Die Köller AG hieß jetzt KoellerCom.

Der CEO lehnte sich weit zurück in seinem Vitra-Stuhl und näselte: »Wir haben nicht nur 100, wir haben eigentlich 300 Leute zu viel an Bord. Frau Putlitz und die Herren von McKlusky sehen das auch so.«

Romberg hatte ebenfalls die dicken Studien der Berater erhalten. Die Vokabeln der McKlusky-Brüder waren Furcht einflößend, gehalten in einer Art anschwellenden Beratergesangs. Rombergs Lieblingssatz darin war: »Wettbewerbstool mit Fokussierung der Komponenten der Implementierungsbreite«. Hemmerle hatte grimmig gelacht. »Was für ein Aufwand, nur um Leute rauszuschmeißen.«

Bei den Consultants war ein hoch entwickelter Verstand am Werke, die kühle Analyse von außen her brachte auch Brauchbares, aber das reichte nicht.

Romberg ging in die Offensive. »Die Herren Berater haben kein Gefühl für die Branche, für die Schwingungen im Markt, für die Kunden und die Lieferanten, von den Mitarbeitern ganz zu schweigen. Das sind alles Dinge, die in keinen Büchern stehen.«

Köller schwieg.

Romberg wurde lauter: »300 Leute zu entlassen, ist unmöglich. Wir verlieren beste Fachkräfte. Kreative Substanz. Nach manchem Ingenieur habe ich Jahre gesucht. Und wer soll die Meister ersetzen? Was machen Sie, wenn sich die Auftragsbücher wieder füllen?«

Köller senkte den Blick. »Dann holen wir uns Leute aus Rumänien. Die können das auch. Sagt McKlusky. Wir alle müssen Opfer bringen in diesen Zeiten.«

Wir! Romberg tobte innerlich. Hätte der Alte doch nur fünf Tage länger gelebt, nur fünf Tage! Er nahm noch einen Anlauf: »Das ist kurzatmige Wurstelei. Bisher haben wir immer langfristig gedacht. Wir sind in der Region verwurzelt, wir tragen Verantwortung für Schaffenfels. Ist das vorbei?«

Köller studierte eingehend ein winziges Krakelée an der Decke.

Romberg ließ nicht locker. »Wir haben hier Wissen angesammelt, jahrzehntelange Erfahrung. Wir liefern ja nicht nur Motoren, sondern auch komplette Antriebssysteme, wie bieten Beratung und ein Know-how, das es nirgendwo sonst gibt. Das ist unsere Stärke, unser Schatz, den müssen wir schützen und pflegen! Da helfen uns keine Billigkräfte von irgendwoher. Wir können die Firma nicht an jeden Ort der Welt verpflanzen.«

Köller unterzog seine fein manikürten Fingernägel einer intensiven Betrachtung. Dann sagte er: »Aber die Kosten laufen uns davon. Allein die Millionen für Forschung und Entwicklung.«

»Genau wegen dieser Millionen sind wir Marktführer. Qualität ist eben anstrengend. Außerdem habe ich keine Lust, für einen Billigladen zu arbeiten. Dann könnten wir gleich Konservendosen herstellen.«

Köller erwiderte gepresst: »Sie verstehen mich nicht. Ich brauche bessere Zahlen hier und jetzt, möglichst im nächsten Quartal.«

»Warum schon im nächsten Quartal, was soll diese Hektik?«, fragte Romberg. »Wir sind doch nicht pleite!«

»Wir müssen an der Börse mit unserem Kurs gut aussehen, sonst werden die Anleger nervös und die Presse schreibt dummes Zeug. So läuft das heute«, entgegnete der Junior. Er mobilisierte einen gewinnenden Gesichtsausdruck: »Wollen Sie das nicht auf der Betriebsversammlung verkünden? Sie können doch mit den Leuten. Im Moment reden wir ja nur über 100 Entlassungen.«

»Niemals! Das ist Ihr Baby.«

Grußlos stürzte Romberg aus dem Büro und lief in den Kastanienhain. Ruhig werden, mein Freund, ruhig. Dann fasste er einen Entschluss. In Ordnung war es zwar nicht, mit Interna nach draußen zu gehen, aber der Junior sollte spüren, dass er nicht im luftleeren Raum agierte.

Romberg rief Froloff von der »Mainglocke« an. »Es gibt Neuigkeiten. Heute um zwölf im ›Uhrtürmchen‹.«

Der Journalist war sprachlos, als er bei einem schnellen Bier am Tresen von den Entlassungen hörte. Dann professionell erregt: »Endlich mal wieder ein Knaller für die Seite eins.«

Am nächsten Tag schrieb er: »Bei Köller kippen Arbeitsplätze.«

Der Boden war bereitet für die Betriebsversammlung in der Georg-August-Zinn-Halle drei Tage später.

Während sich Romberg auf den Weg dorthin machte, kam ihm der Ministerpräsident in den Sinn, die große Gestalt aus den 1960er-Jahren. Als es genug Arbeit für alle im Volksheim gegeben hatte, als alles gut gewesen war. Versunkene Zeiten. Der Waschbetonbau lag im Norden der Stadt direkt am Lützelbach, der hier gemächlich durch die Lützelauen floss, um danach in der Anonymität des Mains aufzugehen.

Turnhallenmief empfing Romberg, als er die Halle betrat. Kindheitserinnerungen an unerfreuliche Reckübungen, an den Geruch warmer Butterbrote. Die säuerliche Ausdünstung vieler Menschen, die Luft schwül wie vor einem schweren Gewitter.

In der Halle summte es, er schätzte, an die 1.000 waren gekommen. Auf dem Podium lagen in den Ecken noch ein paar verschrumpelte Lampions von der Fastnachtseröffnung am 11. November. Und irgendein Idiot hatte neben das Rednerpult zwei Weihnachtsbäume gestellt.

Als ob es was zum Feiern gäbe. Nun, eine Art Bescherung zehn Tage vor dem Fest war es schon.

Er setzte sich in die erste Reihe, ganz nach links außen. Er wollte den Junior von der Seite her erleben. Sehen, wie er sich in der Manege schlug. Hoffentlich schlecht.

»Darf ich?«, fragte eine leise Stimme von hinten, und schon saß die Putlitz neben ihm. Ein Wunder, dass sie noch miteinander sprachen nach den fetzenden Meetings der letzten Wochen.

»Warum reden nicht Sie?«, fragte die Putlitz.

»Das ist seine Party, nicht meine.«

Sie zuckte mit den Schultern und beide fixierten das Rednerpult auf dem Podium, das der Junior soeben bestieg. Er brauchte fünf Minuten, um den Geräuschpegel abzusenken, und hob dann stockend an. Er malte ein düsteres Bild der allgemeinen Lage auf dem Globus, brach das herunter über Westeuropa und Hessen auf Schaffenfels und die Köller-Werke. Berichtete mit Grabesstimme von schweren Auftragseinbrüchen.

Nicht schlecht, fand Romberg. Macht den Schmerzensmann, gleich wird er sich schluchzend zu Boden werfen.

Der Schmerzensmann fuhr fort mit der Leidensgeschichte. Man müsse leider, leider bald auf 100 Kollegen und ihre wertvolle Mitarbeit verzichten. Verschämt nuschelte er ins Mikrofon: »Die Freisetzung ist unumgänglich. Natürlich so sozialverträglich wie möglich.«

Die Aussicht auf Freiheit kam schlecht an. Durch die Halle fegte ein Orkan. Köller zuckte unter dem schrillen Pfeifkonzert zusammen, hinten am Eingang wurden Bratpfannen aufeinandergeschlagen, dazu ein Kanonenschlag gezündet. Der Trommler aus dem Fanblock der Unbeugsamen fing ein wütendes Stakkato an. Ein Ei flog nach vorne und zerplatzte auf dem Ständer eines Weihnachtsbaums. Romberg verfolgte andächtig, wie die gelbweißen Fladen von den Nadeln tropften. Für Minuten tobte die Menge, und nur Hemmerle war es zu verdanken, dass das Podium nicht gestürmt wurde. »Lasst ihn wenigstens ausreden, Kollegen«, rief er nach hinten in die Reihen.

Köller suchte angestrengt in seinem Redemanuskript nach einem Ausweg, blickte böse zu Romberg herüber und hilfeheischend zur Putlitz. Romberg registrierte kalt, wie Köller Zuflucht suchte in dem, was ihm die McKlusky-Brüder aufgeschrieben hatten. Er beschwor das Cost Cutting und das Benchmarking. Erschöpft schloss er mit den Worten: »Mit den Best Practices und den richtigen Tools werden wir ein Powerhouse, dann haben wir gute Chancen.«

Romberg spürte, wie das »Powerhouse« über den Köllerianern schwebte.

Für Sekunden herrschte absolute Stille, ehe in den hinteren Reihen ein Köllerianer im blauen Arbeitsanzug aufstand und rief: »Red' uns doch kaa Frikadell ans Knie!«

Der Beifall prasselte wie schwerer Hagel. Die Leute schrien wild durcheinander, johlten und erhoben sich. Die Betriebsversammlung zerstob, alles strömte in wüster Gemengelage zu den Ausgängen.

Die Putlitz neigte sich zu Romberg herüber und fragte inmitten des Lärms: »Was, um Gottes willen, hat der Mann gemeint?«

Romberg lehnte sich gemütlich zurück. »Dass Ihr Freund Köller Stuss redet, Management-Blabla.«

»Und, finden Sie das auch?«

»Aber sicher.«

Der Junior war hinter den Weihnachtsbäumen verschwunden, und Hemmerle rief der Menge per Megafon ein kehliges »Auf zum Helena-Platz, auf zur Demo!« hinterher.

Eine hagere Gestalt im Parka eilte mit wehenden Haaren vorbei. Froloffs Augen leuchteten vor Chronistenglück. »Kein schöner Anlass, aber endlich mal Rauch in der Kirche«, rief er Romberg zu.

Der ließ den Dingen seinen Lauf. Die Demo würde außer einem kurzen guten Gefühl nichts bringen, das war klar. Romberg wurde mit der Menge nach draußen gespült und machte einen Spaziergang durch den nahen Lenné-Park.

Er umrundete den kleinen Weiher in seiner Mitte, dann den Bismarckturm auf der Anhöhe über dem Park, ohne dass es ihn irgendwie weiterbrachte.

Er stapfte zurück in die Villa. Auf dem Parkplatz vor dem Haupteingang sah er die Putlitz an ihrem schwarzen Mini stehend. Sie fühlte sich offensichtlich unbeobachtet und hielt sich mit beiden Händen am Autodach fest. Dann wankte sie zu einem Busch hinüber und erbrach sich in das Grün. Sie putzte sich mit einem Taschentuch den Mund ab, fingerte fahrig in ihrer Handtasche herum, ehe sie eine kleine Sprühdose fand, um zu inhalieren. Sie griff erneut in die Handtasche und förderte ein paar Tabletten zutage, die sie trocken schluckte. Sie schüttelte sich, der Rücken wurde wieder straff, sie bestieg das Auto und donnerte los. Ob sie wohl kokst und jetzt etwas zum Runterkommen gebraucht hat, fragte sich Romberg. Aber welche Kraft, welcher Wille!

In seinem Büro war es still, seine edlen USM-Haller-Regale spendeten keinen Trost. Seine Frau Deuerlein war auf der Demo. Das Telefon blieb stumm. Im E-Mail-Eingang nichts von Belang. Eine Erkenntnis tauchte ihn in kaltes Licht: Auch er saß in einem Sterbezimmer.

Für Sekunden dachte er ans Aufgeben. Doch das Gefühl verschwand wieder. Nein, diesen Gefallen werde ich weder der Putlitz noch dem Junior tun.

9. KAPITEL
DONAUGLÜCK

Romberg stellte den Fiat 500 auf seinem gewohnten Platz hinter der Villa ab, verband ihn mit der Ladestation und dachte wieder einmal, dass er die Knutschkugel richtig liebgewonnen hatte. Dann Geräusche hinter ihm, er drehte sich neugierig um. Es war 9 Uhr morgens, und in der Parkreihe gegenüber war Eisele dabei, einige Kartons in seinen Wagen zu laden, den schönen Triumph TR 6, diesen sorgfältig restaurierten Roadster von 1976 in Racing Green. Der Dipl.-Ing. sah erschreckend aus. Seine Mähne wurde diesmal nicht von der silbernen Haarspange zusammengehalten und wirkte wie ein ungemachtes Bett.

»Wohin geht die Reise, mein lieber Eisele?«

Eisele warf eine abgeschabte Aktentasche auf den Rücksitz und erwiderte leise: »WWwohin, das weiß ich noch nicht.«

»Was ist passiert?«

»Sie wissen es nicht? Der Junior hat mich entlassen. Meine ganze Abteilung wird aufgelöst.«

Romberg schoss das Blut ins Gesicht. »Der ist ja verrückt geworden! Und was machen wir ohne Karl Gustaf?«

Eiseles Ton wurde höhnisch. »Die wollen Sophie ein wenig liften. Das müsse reichen, meint die Putlitz.«

»Niemals! Ich gehe sofort zu Köller. Sie bleiben hier, das regele ich!«

Er stürmte in die Villa, an der erschrockenen Sekretärin vorbei und direkt durch ins schneeweiße Büro des Juniors.

Köller saß über einem Computerausdruck. Nach einer kleinen Ewigkeit hob er den Kopf. »Ja bitte, mein Lieber?«

»Eisele! Und Karl Gustaf! Sie haben hinter meinem Rücken die Abteilung Forschung und Entwicklung aufgelöst. Wissen Sie eigentlich, was Sie tun?«

»Ich weiß immer, was ich tue. Dass wir auf Eisele nebst seinem Geschöpf verzichten, hatte ich schon vor Wochen kommuniziert. Aber nun nehmen Sie erst mal Platz, Sie sind ja ganz außer Atem.«

Romberg blieb demonstrativ stehen, trat dicht an den Schreibtisch heran, stützte sich mit beiden Armen ab und fuhr einen Zeigefinger Richtung Junior aus. »Damit zerstören Sie den Kern dessen, was die Marke Köller ausmacht.«

Der CEO wankte keinen Millimeter. »Die Börse sieht das anders. Die Straffung unserer Struktur kommt sehr gut an. Die Analysten in Frankfurt sind begeistert, der Aktienkurs steigt.«

Romberg atmete schwer. »Was interessieren mich diese Leute! Ich verlange, dass Eisele und sein Team bleiben! Noch bin ich hier Vorstand und halte vier Prozent der Aktien.«

Der Junior lächelte dünn. »Und ich 60 Prozent.«

Romberg drehte sich wortlos um und lief zurück auf den Parkplatz. Eisele war weg, er hatte nicht gewartet. Auch er kannte den Unterschied zwischen vier und 60, dachte Romberg.

Es war nur die erste einer ganzen Reihe von Demütigungen. Nach Eisele und seinen Leuten erhielten zwei Tage später 100 Köllerianer blaue Briefe. Die Fertigung der Standardmotoren wurde eingestellt, sie sollte künftig in Rumänien erfolgen.

Immerhin geruhte der Junior, Romberg zu einem erneuten Vieraugengespräch zu bitten.

Er empfing ihn lächelnd und sagte: »Lassen Sie uns einen neuen Anlauf machen, um zu kooperieren, im Interesse der Firma. Allerdings wäre es nett, wenn Sie weniger mit diesem Schreiberling von der ›Glocke‹ Biertrinken gehen. Ich möchte den Inhalt unseres heutigen Gesprächs nicht wieder morgen in der Zeitung finden.«

Romberg lächelte zurück. »Ich habe mich auch gewundert, woher der das hatte. Ein findiger Journalist. Leider gibt er nie seine Quellen preis.«

Der Junior schien Frechheit zu mögen. Er griente kurz und zog dann auf seinem Schreibtisch eine dünne Kladde heran. »Ich möchte Sie heute über unser Projekt ›Donauglück‹ informieren, unsere neue Fertigung in Rumänien. Frau Putlitz hat ein schönes Grundstück am Rand von Timişoara ausgemacht, und jede Menge Arbeitskräfte dazu. Die sind dort sehr willig …«

»… und billig«, warf Romberg ein.

Der Junior ließ sich nicht stören. »Ich habe gleich Nägel mit Köpfen gemacht. Wir ziehen schnell etwas hoch, und in zwei Monaten geht es los. Ein Pilotteam von Rumänen haben wir bereits hier im Haus. Ich wäre Ihnen sehr dankbar, wenn Sie die Fabrik in Rumänien leiten, bis sie rundläuft. Wir brauchen einen Mann mit Erfahrung, der das stemmen kann.« Der Junior blickte Romberg erwartungsvoll an.

Der schwieg lange, ehe er sagte: »Ich überlege es mir, Sie erhalten bis Ende der Woche Bescheid.«

Romberg zog sich für zwei Tage in seine Frankfurter Wohnung zurück. Er hoffte auf ein inspirierendes Ambiente, auf zündende Ideen, auf irgendwas. Zwei Tage, um das ganze Tableau zu durchdenken. Mit dem Junior war wohl nicht mehr zu reden. Aber vielleicht mit der Putlitz? Sie war eine treibende Kraft, ihr Urteil hatte Gewicht. Hexe hin, Hexe her – er würde sie noch einmal ansprechen.

Mit neuem Schwung im Gepäck fuhr er zurück nach Schaffenfels. Kaum war er im Büro, fragte Frau Deuerlein, ob Herr Hemmerle hereinkommen könne.

»Natürlich.«

Der Betriebsrat erschien glühend wie ein Reaktor, dem gleich die Ventile platzten. Schnaufend warf er sich in den Stuhl vor Rombergs Schreibtisch. »Gegen die vielen neuen Praktikanten habe ich nichts. Sehr bemüht, diese jungen Leute, die bei uns durch die Kulissen stolpern. Kosten ja nichts. Aber seit gestern sind 30 Rumänen da, die sollen die Anlagen im neuen Werk Timişoara fahren. Meine Kollegen müssen sie hier einweisen und dann sollen sie gehen. Wir dürfen uns den Strick also selbst drehen.«

Romberg hob die Hände. »Mein Freund, was soll ich sagen? Bei mir hätte es das nie gegeben, das wissen Sie. Aber …«

»Herr Romberg, ich weiß es doch. Wollte nur Dampf ablassen. Die Rumänen sind übrigens nette Kerle. Und die haben fachlich was drauf. Das ist ja die Scheiße. Was mich so anätzt, ist der Hochmut dieser Frau Putlitz. Die glaubt, wir in Schaffenfels verbrennen noch Hexen.«

Romberg lachte. »Diese Tradition sollte man wiederbeleben.«

Hemmerle lachte mit, meinte dann jedoch nachdenklich: »Wissen Sie, Herr Romberg, wir haben früher schon schwierige Phasen gehabt. Aber was seit einiger Zeit läuft, und das höre ich auch aus anderen Unternehmen, hat eine neue Qualität. Jeder gegen jeden, so sieht's aus. Alles ist richtig mies geworden.«

»Sehe ich auch so.«

Hemmerle erhob sich und sagte im Stehen: »Die Kollegen fragen mich, was hinter dem Ganzen steckt. Ich ahne es ja, ich will nur von Ihnen wissen, ob ich richtigliege.«

Romberg erwiderte: »Das Muster ist ganz simpel. Den alten Mitarbeiterstamm abschmelzen, neue, billige Leute holen. Was geht, wird ins Ausland verlagert. Die Kosten sinken, der Profit steigt. Die Qualität wird dadurch zwar irgendwann auch sinken, aber kurzfristig sehen die Zahlen großartig aus und die Firma kann zu einem ebenso großartigen Preis verkauft werden.«

»Und, können Sie etwas dagegen tun?«

»Mal schauen, ich habe noch nicht alle Karten ausgereizt.«

Sie verabredeten sich auf einen gelegentlichen Schluck im »Uhrtürmchen«, dann fuhr Romberg in die Altstadt zu Glucks Kanzlei. Neuerdings hatte der viel Zeit.

Der Anwalt hörte sich Rombergs Bericht aufmerksam an und strich die Resthaare auf dem Schädel glatt. »Der Junior wird die Firma filetieren. Die Einzelteile sind mehr wert als das Ganze. Ein lebender Organismus wird ausgeweidet.«

Romberg wiegte den Kopf hin und her. »Halte auch ich für wahrscheinlich. Es sei denn, der Junior entdeckt, dass ein Familienbetrieb spannend sein kann. Zugegeben – ich habe ein Faible für Resthoffnung.«

Gluck fuchtelte wieder mit seinem Montblanc. »Die Resthoffnung können Sie streichen. Glauben Sie mir, ich kenne ihn.« Er murmelte finster in sich hinein: »Wenn wir nur ein Mittel dagegen hätten!«

»Mein Einfluss geht gegen null. Ich bin mittlerweile nur noch ein Frühstücksdirektor. Und jetzt wollen sie mich nach Rumänien abschieben. Zuvor werde ich aber noch einmal mit der Putlitz reden. Vielleicht kriegen wir das Schiff auf den alten Kurs zurück.«

»Tun Sie das«, brummte Gluck.

»Warum sind Sie in der Sache eigentlich so engagiert? Ihre Sentiments in allen Ehren, aber es könnte Ihnen doch egal sein.«

Gluck hob die Stimme. »Mir ist es nie egal, was in meinem Städtchen passiert. Und ich finde es wenig unterhaltsam, zu verlieren. Gewinnen ist viel schöner. Gegenfrage: Warum kämpfen Sie? Sie könnten nach Frankfurt zurück, dort warten jede Menge toller Jobs.«

»Gerade wegen Frankfurt will ich weiterkämpfen.« Jäh kam Romberg in den Sinn, was er vor zwei Jahrzehnten erlebt hatte. »Damals war ich Direktionsassistent in einer kleinen Maschinenbaufirma. Erstklassige Produkte, sichere Arbeitsplätze, Familienbetrieb. Dann machte der Erbe Kasse, der Investor verscherbelte die Patente weiter und heute stehen auf dem alten Firmengrundstück Luxuswohnungen.«

»Das haben Sie mir nie erzählt.« Gluck pfiff durch die Zähne.

»Damals konnte ich nur ohnmächtig zuschauen. Aber ich schwor mir, so etwas nicht ein zweites Mal zuzulassen.«

10. KAPITEL

IN DER VILLA MERTON

»Wo ist der Eimer für meinen Champagner?«

Romberg lächelte. »Kommt gleich.«

»Hoffentlich, heute Abend schlage ich zu.«

Iris Putlitz war bester Laune, viele Augen im Restaurant richteten sich auf ihre aschblonde Eleganz, auf das erstklassige schwarze Etuikleid.

Romberg saß ihr gegenüber, die Blicke der anderen taten auch ihm gut. Sie sah frisch aus, dabei wusste er von ihren 14-Stunden-Tagen. Ob sie noch die Aufputscher nahm und danach die kleinen Helferlein zum Abkühlen?

Romberg hatte sie in ihrem Hotel in Frankfurt abgeholt, bewusst hatte er das Elektroauto genommen. Brummer à la Gran Turismo waren nichts, was eine Iris Putlitz beeindrucken konnte. Sie hatte ihn noch nie in dem großen BMW gesehen. Außerdem fuhr er die Knutschkugel gerne, es konnte schließlich nicht schaden, sich schon jetzt an die karbonfreie Zukunft zu gewöhnen.

Auch er war guter Laune. Diese Iris Pulitz war ganz anders als die Frauen, die er kannte. Etwa, indem sie keine zwei Minuten für die Speisekarte brauchte, um sich zu entscheiden. »Ich nehme die bretonische Makrele, die glasierten Bäckchen vom Iberico und das Limetten-Sorbet.« Romberg schloss sich dieser Wahl an und schlug als

Begleitung einen Riesling aus dem Rheingau vor, was sie mit einem Nicken genehmigte.

Iris Putlitz hatte sofort zugesagt, als er sie zu einem Abendessen eingeladen hatte, auch dies eine Überraschung. Vielleicht hatte er Glück, denn unter ihrer glasierten Härte vermutete er ein Stück Wärme. Als Treffpunkt hatte er den Union International Club im Frankfurter Diplomatenviertel gewählt, eine erstklassige Adresse. Das dortige Restaurant Villa Merton war eines der besten der Stadt. Romberg war sporadisch im Club, wo es interessante Vorträge gab und wo er sein Netzwerk pflegen konnte.

Iris Putlitz nahm dann doch keinen Eimer, sondern nur ein Glas Champagner, von dem sie sparsam nippte. Sie fragte, woher der Name Villa Merton kam.

Romberg hatte sich präpariert. »Die Mertons waren eine der großen Frankfurter Patrizierfamilien aus dem 19. und 20. Jahrhundert. Richtig reich, und große Mäzene. Sie haben sich für die Gemeinschaft engagiert, weit über das Übliche hinaus. Der Letzte aus der Familie hat sich diese Villa 1924 im klassizistischen Stil erbauen lassen.«

Iris Putlitz war vorhin schweigend durch das aufwändige Eingangsportal der Villa mit dem steinernen Frauenkopf getreten, hatte ihre grünen Augen durch die hohen Räume schweifen lassen und war beeindruckt gewesen von der zurückhaltenden Eleganz der silbergrauen Seidentapeten und der Sessel aus taupefarbenem Leder.

»Nobel, nobel«, sagte sie nun. »Ich möchte nicht wissen, was dieses Haus an Unterhalt kostet.«

»Warum immer an die Kosten denken? Großzügig steht hier im Fokus – ein paar Mertons täten auch dem 21. Jahrhundert gut, meinen Sie nicht?«

Sie drohte ihm neckisch mit dem Finger. »Ich weiß, worauf Sie hinauswollen.«

Die Makrele kam, und Romberg nahm sich vor, das eigentliche Thema erst beim Sorbet anzuschneiden. Dann wäre sie gesättigt, weich und zufrieden.

»Was macht das Laufen?«, fragte er.

»Geht so, leider habe ich zu wenig Zeit. Dabei wäre es mein Traum, mal den New-York-Marathon mitzumachen. Irgendwann schaffe ich das.«

»Da bin ich mir sicher.«

Mit ihr in New York – der Gedanke war schön. Ein kuscheliges Wochenende im Odenwald täte es aber auch. Ganz gegen seinen Willen zog sie ihn an. Vor allem ihre Schwächen, die sie so sorgsam zu kaschieren wusste. Der Zusammenbruch auf dem Parkplatz, die Atemlosigkeit beim Joggen. Es war die reine Freude, ihr beim Essen zuzusehen, ihr zuzuhören. Gluck hatte Stein und Bein geschworen, dass sie solo war. Und Gluck wusste alles.

Wenn nur dieses Thema Köller nicht wäre. Es lag wie ein hässlicher Meteorit mitten auf dem Weg zwischen ihnen.

Sie tupfte sich den Mund mit der Stoffserviette ab und sagte unvermittelt: »Ich bin in keiner Villa aufgewachsen.« Und sie erzählte von ihrer Jugend in Glashütten hinter dem Taunuskamm, weit weg von den Nobellagen im Vordertaunus. Der Vater war ein biederer Schlossermeister mit einem kleinen Geschäft, sein einziges Hobby war ein Schützenverein. Die Tochter hatte sich anstrengen müssen bis nach Fontainebleau und London, sich durchbeißen müssen gegen die männliche Konkurrenz. »Ich bin gar nicht so abgehoben, wie manche denken.«

»Wer tut das denn?«

»Na, Sie, mein Lieber. Und Ihr Freund Hemmerle.«

»Nein, nein, ich sehe Sie schon differenziert.«

Sie schüttelte zweifelnd den Kopf.

Dann fragte Romberg: »Und was macht das Geschäft Ihres Vaters?«

Ihre Augen verschatteten sich. »Kurz vor dem Ruhestand ging mein Vater pleite, er hat sich mit einer Geldanlage verspekuliert. Und vorher leider nicht auf mich gehört.«

»Das tut mir leid. Was macht er jetzt?«

»Er lebt nicht mehr.«

Mehr wollte sie nicht dazu sagen, das spürte Romberg.

Sie kamen auf die einfachen Freuden des Lebens. »Mögen Sie die Berge?«, fragte sie. »Oft sehne ich mich danach, einfach mal tief Luft holen zu können.«

Romberg mochte plötzlich alles, was sie mochte. Er kramte in seinen Erinnerungen. »Vor einem Jahrzehnt habe ich die Alpen zu Fuß überquert, in sieben Tagen, von Oberstdorf nach Meran.«

Sie war begeistert. »Ganz einfach, mit dem Rucksack von Hütte zu Hütte?«

»Ja, es war unvergesslich.«

Ihre Augen erhielten einen träumerischen Glanz, und Romberg genoss den Moment. Er fühlte, wie sich ihre Schwingungen verknüpften. Sehnsucht durchströmte ihn. Nach Nähe, Zweisamkeit, Ruhe. Hatte er nicht genug getan für seine Köllerianer, gab es nichts anderes im Leben?

Die Schwingungen hielten an, sie sprachen über Frankfurt. Iris Putlitz meinte aufgeräumt: »Ich wusste gar nicht, dass es hier so schöne kleine Fluchten gibt.«

»Frankfurt ist viel behaglicher, als man denkt. Ich könnte Ihnen einiges zeigen.«

Sie nickte.

Während sie auf das Dessert warteten, lenkte er seine Gedanken auf das Thema des Abends, es musste sein. Sie hatte eine Blutspur in den Unternehmen hinterlassen, die sie betreut hatte. Aber sie hatte nicht nur liquidiert – einige der von ihr sanierten Firmen schlugen sich heute gut. Es gab noch Hoffnung.

Der Kellner kam mit dem Sorbet, sie bestellten Espresso.

Romberg räusperte sich.

Iris Putlitz legte lächelnd eine Hand auf seinen Unterarm und sagte: »Kommen wir zur Sache. Ich mache das auch immer zum Dessert. Dann sind die Leute gesättigt und zufrieden, nicht wahr?«

»Liebe Frau Putlitz, so ist es. Worum es mir geht – ich möchte Sie und den Junior darum bitten, die Unternehmensstrategie noch einmal zu durchdenken.«

Sie blieb freundlich, zog sich aber unmerklich in ihr Etuikleid zurück. »Herr Romberg, ich denke, das ist alles ausdiskutiert.«

Er ließ nicht locker. »Solche weitreichenden Entscheidungen sollte man nicht übers Knie brechen. Wenn wir weiter in die Forschung und Entwicklung investieren, wenn wir unsere Qualitätsmarke pflegen, dann zahlt sich das mittelfristig aus. Wir brauchen einfach etwas Zeit.«

Sie leerte ihren Espresso mit einem Schluck. »Diese Zeit haben wir aber nicht.«

Er wurde einen Gran härter. »Wieso haben wir die nicht? Darauf habe ich auch von Ihrem Herrn Köller nie eine vernünftige Antwort erhalten. Und denken Sie bitte an Schaffenfels, an die Menschen dort. Machen Sie etwas, was möglichst viele zufriedenstellt. Dann lässt es sich umso fröhlicher über die Berge laufen.«

Sie blickte ihn direkt an, höchst unglücklich. »Lieber Herr Romberg, ich habe einen klaren Auftrag. Für den werde ich bezahlt und den führe ich aus. So effektiv und so gut wie möglich. Ich bin keine mobile Sozialstation. Dafür sind andere da.«

Nach einer Pause fuhr sie zögernd fort: »Verstehen Sie doch, ich bin nun mal in dieser Rolle. Was soll ich tun? Ich sehe durchaus, dass es auch Kollateralschäden gibt.«

Er nickte grimmig. »Schön, dass Sie das wenigstens erwähnen.«

Die guten Schwingungen verflüchtigten sich. Romberg knetete seine Serviette und legte sie unwirsch neben seinen Dessertteller. »Halten Sie mich eigentlich auch für einen Underperformer?«

Sie schaute noch unglücklicher. »Ach Quatsch. Sie sind ein Könner. Aber leider der falsche Mann zur falschen Zeit am falschen Platz. Sie sollten bei Köller aufhören und noch mal was ganz Neues anfangen.«

Er schwieg.

Sie sprach stockend weiter: »Das ist eine vertrackte Situation. Wenn Sie woanders wären, wenn …«

In ihm kokelte es, er musste an sich halten. »Ich bin aber an meinem Platz in Schaffenfels, und ich werde weiter für mein Konzept kämpfen. Ich habe es dem Herrn Junior erklärt und ich erkläre es auch Ihnen gerne noch einmal. Wenn wir auf Innovationen setzen und auf Qualität, haben wir beste Zukunftschancen.«

»Sie kämpfen gegen Windmühlen.«

Missstimmung legte sich wie ein graues Laken über ihren Tisch. Romberg bezahlte und meinte mürrisch: »Kann ich Ihnen wenigstens noch den schönen Garten der Villa zeigen?«

»Sehr gerne. Unser Abend sollte gut ausklingen. Ich habe mich lange nicht so wohl gefühlt, das sollten Sie wissen«, sagte sie leise.

Romberg führte sie in den Garten mit den prächtigen alten Bäumen. Ein leichter Wind kühlte, das Mondlicht glänzte im Wasser des Pools inmitten des Gartens, wo die Mertons früher ihre Sommerfeste gefeiert hatten. Der Blick war frei auf die funkelnde Skyline der Stadt. Für einen Moment standen sie stumm. Dann sagte Romberg: »Ich darf Sie in Ihr Hotel bringen?«

Sie stimmte zu.

Der Fiat brachte sie lautlos in die City, hin zum Interconti am Mainufer. Niemand sagte etwas. Romberg parkte und begleitete sie bis zum Hoteleingang. Vor dem Eingang blieben sie stehen.

Iris Putlitz zog ihn plötzlich an sich heran und küsste ihn auf den Mund. Sie flüsterte: »Bis zu meiner Suite sind es von hier aus etwa 30 Schritte. Meinst du, wir schaffen diese Strecke?«

11. KAPITEL

GROSSER AUFTRITT, GROSSE ZECHE

»Und, wie war es mit ihr?«

Gluck rief Romberg am nächsten Morgen kurz nach neun im Büro an.

Das werde ich dir ganz gewiss nicht erzählen, dachte ein glücklich übernächtigter Romberg. »Sie bleibt eisern auf ihrem Kurs«, erwiderte er. »Persönlich ist sie nicht unsympathisch und ziemlich …«

»… attraktiv. Hatte kürzlich die Gelegenheit, die Dame persönlich kennenzulernen«, ergänzte Gluck. »Also, wenn ich 30 Jahre jünger wäre … Sie steht zwar auf der Feindseite, aber ich hätte das eine vom anderen getrennt.« Gluck seufzte, als er diesem Gedanken kurz nachhing. Dann räusperte er sich. »Was werden Sie jetzt tun? Sie gehen hoffentlich nicht nach Rumänien?«

»Auf keinen Fall. Ich bleibe hier, denn ich habe das Gefühl, dass sich die Dinge bald zuspitzen.«

Nachdem Gluck aufgelegt hatte, ließ Romberg die Nacht im Interconti genussvoll in sich nachhallen.

»Wir können ja das eine vom anderen trennen«, hatte Iris im Seidenbett gemurmelt, als sie erschöpft nebeneinander lagen. Dann hatte sie sich aufgerichtet und vorgeschlagen: »Fangen wir mit gelegentlichen Treffs an, ganz unverbindlich. Das mögt ihr Männer doch, oder?«

»Ach, manchmal mögen wir auch mehr«, hatte er gesagt und sie in den Arm genommen. In ihm war eine zarte Hoffnung gekeimt, lange genug war er allein gewesen.

Sie hatte ihn zärtlich in ein Ohrläppchen gebissen. »Schön zu hören. Mal sehen, irgendwann ist die Sache mit der KoellerCom ja beendet. Aber ich habe zwei Bedingungen.«

»Die wären?«

»Die KoellerCom bleibt außen vor. Du machst dein Ding und ich meins. Außerdem kein Wort über unser kleines Geheimnis zum Junior und zu deinem Anwaltsfreund.«

»So soll es sein.«

Romberg schwelgte noch eine Weile in der Erinnerung an die Nacht. Ein bisschen schräg war die Sache schon, dafür umso prickelnder. Dann griff er kurz entschlossen zum Telefon und erteilte dem Junior in Sachen »Donauglück« eine Absage.

Stefan Köller nahm es gelassen. »Kein Problem, in dem Fall macht das einer von den Vice Presidents. Beschweren Sie sich aber bitte nicht, dass künftig an Ihnen vorbei entschieden wird.«

»Ich werde Sie weiterhin kritisch begleiten.«

In der Villa Köller herrschte an den folgenden Tagen Ruhe, sehr trügerische, wie Rombergs Bauch befand. Wie ein Automat arbeitete er sich durch die Routine. Iris war für ein paar Tage in London.

An einem Abend beschloss er, den Tag im Belrose enden zu lassen. Das Etablissement summte wie ein Bienenkorb, Madame Lumpi sah betörend aus wie immer.

Sie goss ihm an der Bar einen Sancerre ein und meinte nach ein paar Minuten leichthin: »Der Neue sorgt sicher für Aufregung bei der KoellerCom.«

»Welcher Neue?«

»Na, dieser de Villier. Der Investor aus Paris, der bei euch einsteigen soll, wie man hört. Interessanter Typ, war gestern hier. Großer Auftritt, große Zeche.«

Romberg schüttelte sich.

Madame Lumpi blickte ihn mit zärtlichem Mitleid an. »Du wusstest nichts?«

Er schwieg und stürzte den Wein hinunter.

»Allerdings kommt er mir nicht ganz rund vor. Sein Französisch ist recht gut, aber in einem Pariser Salon käme er damit nicht durch. Und er gibt zu viel Trinkgeld.« Madame Lumpi lehnte sich über die Bar zu ihm und senkte die Stimme. »Da ist noch etwas. Es betrifft dich.«

»Mich?«

»Ja, ein Kunde hat sich vorgestern bei den Mädchen sehr eingehend nach dir erkundigt.«

»Gott, was wollte der denn wissen?«

Sie wurde noch leiser. »Ob du spezielle Vorlieben im Bett hättest. Vor allem solche, über die man besser nicht spricht.«

Romberg lachte unbehaglich. »Wie habt ihr reagiert?«

»Als er gestern wiederkam und erneut damit anfing, habe ich ihn rausgeworfen.«

»Recht so. Aber dass ich sowieso eher konventionelle Vorlieben habe, müsstest du aus unserer Zeit noch wissen.«

Sie streichelte ihm eine Wange. »Es war schön mit dir damals. Sehr speziell waren deine Wünsche wirklich nicht. Bin fast versucht zu sagen, leider.«

»Schämen Sie sich, Madame Lumpi«, sagte Romberg lächelnd und nahm einen letzten Schluck. Das mit Iris behielt er für sich und verabschiedete sich bald.

Für den nächsten Morgen war er zum Gespräch bei Bürgermeister Wuttke angemeldet.

Während der Fahrt nach Hause rief er Gluck an und berichtete von den seltsamen Nachforschungen im Belrose.

Gluck meinte trocken: »Dahinter steckt der Junior. Er lässt nach Dreck suchen, um es im Fall des Falles gegen Sie zu verwenden. Gibt es bei Ihnen etwas hinsichtlich Ihrer Gepflogenheiten, was man besser nicht finden sollte?«

»Nö«, entgegnete Romberg.

Zu Hause im Bett wollte sich kein Schlaf einstellen. Alles war so anders geworden seit dem Tod des Alten. Und irgendwo im Dunkeln um ihn herum waren Kräfte am Werk, die es nicht gut meinten mit ihm. Nur Iris war ein Lichtblick, trotz ihres Wirkens in der Firma.

12. KAPITEL
BEIM LÖWEN

Sonnenschein flutete am nächsten Morgen den St.-Helena-Platz im Herzen von Schaffenfels. Kurz hielt Romberg vor dem Rathaus inne. Eine dreigeschossige Scheußlichkeit aus Waschbeton, in den 1970er-Jahren hatte man das schön gefunden. Neben dem Stadtwappen an der Vorderfront hingen die Fahnen der englischen und holländischen Partnerstädte schlaff im Wind. Die Tafel mit der Ortschronik verkündete in stolzen Lettern, welch prächtigen Aufschwung Schaffenfels genommen hatte, vom »Dorf in der fruchtbaren Lößbodensenke« in dunkler Vorzeit bis zur 850-Jahr-Feier 1990. Nun verwaltete hier Heinrich Wuttke den Mangel.

Romberg ging durch das Foyer die Treppe hoch in den 1. Stock, oben im spiegelnden Flur kam ihm der Bürgermeister entgegen und bat ihn ins Dienstzimmer.

Sie nahmen am Besuchertisch in der Ecke Platz, direkt unter dem großen Porträt des vorigen Amtsinhabers. Ein Hüne mit zwingenden Augen und einem Schnauzer. Otto Wuttke der Erste, der legendäre »Löwe von Schaffenfels«, der für den Aufschwung in den goldenen Jahren stand, der 1977 die Eingemeindung in die Kreisstadt verhindert hatte. Sein klein geratener Sohn, nun auch schon 63, tat sich schwer mit dem Erbe, er kam Romberg vor wie ein Frettchen auf Plateausohlen. Er hatte nicht das Format des Löwen, aber er mühte sich redlich. Und er war rührig. »Wuttke ist so viel in der Stadt unterwegs, dass er sich manchmal selbst begegnet«, spottete Journalist Froloff gerne.

Gekonnt hatte Wuttke der Stadtältesten zum 100. Geburtstag zart übers weiße Haar gestrichen und sich so postiert, dass ihn das Foto in der Zeitung vorteilhaft zur Geltung gebracht hatte. Unvergleichlich, wie er auch die Eröffnung einer Bedürfnisanstalt mit den passenden Worten zu adeln wusste. Wuttke vergaß nie ein Gesicht und den Namen dazu. Die Leute wählten ihn immer wieder, weil er den Laden zusammenhielt.

Romberg kam gleich zur Sache: »Wie ist die Lage?«

Der Bürgermeister ließ sich in seinen Sessel fallen. »Einzigartig. Ganz Deutschland schlägt sich ordentlich, aber wir befinden uns im Sinkflug. Ohne die Köller-Werke sind wir bald am Ende.«

»Was funktioniert denn noch?«

Wuttke lächelte bitter. »Wäre Schaffenfels nur eine Erdbeerplantage, ginge es uns blendend. Dieses Jahr gab es Tonnen von Erdbeeren, röter und aromatischer denn je. Auch das Belrose brummt und will sogar erweitern. Aber ich kann aus Schaffenfels doch keinen Großpuff machen!«

»Gibt es sonst Ideen?«

»Im Wirtschaftsministerium raten sie mir, ich solle auf Tourismus setzen. Es gibt schon Vorschläge für eine Kampagne ›Schaffenfels – die Perle am Lützelbach‹. Na ja.«

Romberg grinste. »Das wird nichts.«

Wuttke wurde nachdenklich. »Wissen Sie, wie es hier in zehn Jahren aussehen könnte?« Er wartete die Antwort nicht ab, sondern fuhr fort: »Dann haben wir die

Rosenhöhe mit den sogenannten Leistungsträgern. Schön ummauert und bewacht. Durch die Tore dürfen tagsüber die Leute aus dem Tal, Waren anliefern und in den Villen saubermachen. Abends haben sie wieder zu verschwinden ins Tal.« Er neigte sich vertraulich zu Romberg. »Aber es gibt ja Hoffnung. Wir alle drücken Herrn Köller die Daumen, dass das mit dem Investor aus Frankreich klappt. Ich freue mich auf seinen Besuch.«

Romberg schwieg.

Die Augen des Bürgermeisters bekamen einen sonderbaren Glanz und seine Stimme wurde verschwörerisch. »Man spricht von 50 Millionen, vielleicht sogar mehr, die de Villier mitbringt. Für einen Anteil an der Firma und für weitere Investitionen. Das wäre unsere Rettung!«

Romberg antwortete sehr unbestimmt und verabschiedete sich. Wer zum Teufel war bloß dieser de Villier, von dem auch Madame Lumpi schon erzählt hatte?

Er fuhr in die Villa Köller. Im Büro wies er Frau Deuerlein an: »Bitte keine Anrufe durchstellen in den nächsten zwei Stunden.«

Sie nickte, obwohl beide wussten, dass es so viele Anrufe gar nicht mehr waren.

13. KAPITEL
DER ERLÖSER

Romberg recherchierte. Die Grundlagen holte er sich aus dem Internet, die Feinheiten bei französischen Geschäftsfreunden. Wie schön, dass er so gut vernetzt war. Allmählich nahm der gute Adam de Villier Gestalt an. Irgendwann in den späten 1980er-Jahren hatte sein Stern in Frankreich zu leuchten begonnen, zunächst als Verkaufsgenie für Versicherungen, dann als Bauunternehmer und Pharmagroßhändler. De Villier drehte ein immer größeres Rad, herrschte heute über ein schillerndes Konglomerat von Firmen und wurde auf zwei Milliarden Euro geschätzt. Ihm gehörten Zeitungen, ein Fußballclub und andere Spielzeuge. Sein Penthouse in der Avenue Foch in Paris war 400 Quadratmeter groß.

Romberg unterrichtete Gluck am Telefon. »Es gibt offenbar einen Investor, der sich für die Köller-Werke interessiert. Halb Schaffenfels ist schon besoffen von diesem de Villier. Alle glauben, dass der Erlöser naht.«

»Und Sie?«

»Ich glaube gar nichts, mir fehlen noch Fakten.«

Auf die hoffte Romberg tags darauf, als sich Köller junior bequemte, ihn offiziell über die ersten Sondierungen mit de Villier in Kenntnis zu setzen.

Als Romberg hartnäckig schwieg, hob der Junior die Arme. »Ist Ihnen das auch wieder nicht recht? De Villier war kurz hier und will bald wiederkommen. Er möchte sich nachhaltig im Unternehmen engagieren. Könnte mir vorstellen, dass er eine erhebliche Minderheitsbeteiligung erwirbt, damit wären wir breiter aufgestellt.«

Romberg brach sein Schweigen. »Das mit der Minderheit möchte ich erst mal sehen. Normalerweise will ein Franzose alles.«

Köller wiegelte ab. »Lassen Sie mich doch erst einmal verhandeln.«

An diesem Abend fuhr Romberg nachdenklich in die Eysseneckstraße nach Frankfurt. Hatte er dem Junior am Ende Unrecht getan?

Der Erlöser kam drei Tage später knatternd auf dem Festplatz vor der Georg-August-Zinn-Halle nieder. Ein frischer Januartag. De Villier entstieg dem weißen Hubschrauber, gefolgt von einer langbeinigen sonnenbebrillten Blondine. Romberg schätzte sie auf knapp über 20.

Er gehörte zum Empfangskomitee und wusste, dass de Villier 30 Minuten zuvor mit einem Privatjet auf dem Frankfurter Flughafen gelandet war. Für die paar Kilometer nach Schaffenfels musste es ein Hubschrauber sein. Neben ihm standen der Junior, an dem der schiefergraue Einreiher höchst lässig aussah, und die Putlitz, ganz in Apricot. Sie wirkte frisch und energisch, ungeachtet der letzten Nacht, die sie mit Romberg im Frankfurter Hof verbracht hatte.

Ob sie wirklich kokste? Das schoss Romberg für einen Augenblick durch den Kopf. Nun, irgendwann würde sich das klären. Am Rande wippte der schwarz gewandete Bürgermeister Wuttke nervös in seinen Schuhen vor und zurück. Ihm hing schwer die Goldene Amtskette über die Brust bis fast in den Schritt – haarscharf am Rand der Lächerlichkeit, wie Romberg fand.

Auch de Villier war untersetzt, aber von ganz anderer Statur. Ende 50, militärisch kurze graue Haare, kantiges, gebräuntes Gesicht, drahtig wie ein Colonel der Fremdenlegion, heller Anzug im Tropenchic. Zügig schritt er auf die Gruppe zu und küsste der Putlitz die Hand. Dann umarmte er den Erben, Küsschen links und rechts, dem Bürgermeister drückte er lange und bedeutungsvoll die Hand. Für Romberg gab es einen flüchtigen Handschlag, die eisblauen Augen sagten: »Du bist unwichtig.«

Währenddessen war ein langer Mercedes nebst zwei Leibwächtern vorgefahren. Er hatte den Landweg von Paris nach Schaffenfels genommen, um nun den kostbaren Körper des Erlösers samt der Sonnenbrille sicher ins 500 Meter entfernte Rathaus zu transportieren.

Dorthin hatte der Bürgermeister im Otto Wuttke-Saal zur Pressekonferenz geladen. Froloff von der »Glocke« war schon da, als der Tross anrückte, ebenso Regionalredakteure der Frankfurter Zeitungen, dazu Teams vom Hessischen Rundfunk und RTL. Erstaunlich, dachte Romberg, welche Wellen der Erlöser schlug.

»Die Hoffnung hat einen Namen«, verkündete der Bürgermeister, skizzierte das weltumspannende Wirken des Erlösers, würdigte Schaffenfels als Kraftzentrum im Herzen Europas, das zu alter Stärke zurückfinde, und verhedderte sich beim Rückblick auf Adenauer und de Gaulle in der Kathedrale zu Reims. Endlich fand er den Ausweg. »Äh, nun ja, jetzt ist er also hier, unser Herr de Villier.«

Links neben ihm saß seltsam unbeteiligt der Erbe, rechts de Villier, der bei jedem bürgermeisterlichen Lob verschämt den Kopf schüttelte.

Köller blieb nüchtern, sprach von »wichtigen Vorgesprächen«, von »interessanten Aspekten«, von »möglichen Synergien«.

De Villier begann bescheiden, sagte leise, er wolle »einen kleinen Beitrag leisten«. Unmerklich steigerte er das Tempo, sein Deutsch war glasklar. Er zeigte sich hingerissen von den Köller-Werken, jenem »Leuchtturm deutscher Ingenieurskunst«, er rühmte das »großartige Schaffenfels und seine Menschen«. Tragend wurde die Stimme, als de Villier eine Eloge auf den deutschen Facharbeiter an sich hielt, die Arme ausbreitete und rief: »Die Wirtschaft ist für den Menschen da und nicht umgekehrt!«

Der Junior lächelte höflich, während Bürgermeister Wuttke glücklich die Augen schloss. In diesem Moment erinnerte er Romberg an ein seliges Schaf.

Raunen im Saal, als de Villier verkündete, in Schaffenfels auch sesshaft werden zu wollen, zumindest teilweise.

Sicher doch – von der Avenue Foch in die Sperlingsgasse, dachte Romberg und grinste innerlich.

Der Erlöser wurde visionär. »Im Verbund sind wir unschlagbar. Lassen Sie uns ein Projekt von europäischer Dimension angehen, lassen Sie uns eine Hochzeit im Himmel feiern.« Ehe das Ganze zu einem Gottesdienst mutierte, fand de Villier zur Erde zurück. Er schloss mit den Worten: »Das könnte der Anfang einer wunderbaren Beziehung sein.«

Wuttke klatschte heftig Beifall, der Erbe rührte dezent die Hand. De Villier umarmte den Erben, wieder Küsschen links und rechts, dann dasselbe mit Wuttke.

Die Journalisten durften ein paar Fragen loswerden, die Antworten waren wenig konkret. Die Zeit drängte, denn der Erbe hatte de Villier zum Gespräch in die Villa Köller geladen. Mit der Putlitz, aber ohne Romberg.

Romberg beherzigte es, verschwand in seinem Büro und rief Anwalt Gluck an.

Der fragte: »Wie war die Pressekonferenz?«

»De Villier ist auf seine Art ein Könner. Trat auf wie eine Mischung aus Bundespräsident und Arbeiterpriester. Dem würden die Leute alle Töchter des Landes anvertrauen. Morgen wird er wohl über das Wasser des Mains wandeln.«

Gluck lachte. »Unser Schaffenfels ist also erfüllt von Glaube, Hoffnung und Liebe?«

Romberg erwiderte: »Ganz im Ernst, ich habe da etwas. Aber nicht am Telefon.«

Sie trafen sich am Abend im Lenné-Park, wo sie zum Bismarckturm schlenderten. Er war 1899 gebaut worden, innen führte eine Holztreppe 30 Meter hoch auf die Plattform mit dem herrlichen Blick auf den Park und das wellige Land rund um die Stadt. Im Gemäuer gurrten die Tauben, von der Plattform starrte der Reichsgründer auf sie herunter, gestützt auf Schild und Schwert. Bismarck war überzogen von Grünspan und Taubendreck, auch die Turmmauern hätten ein Sandstrahlgebläse vertragen.

Gluck schaute hoch. »Den Bismarck könnten sie auch mal überholen, jetzt, da die Stadt einen neuen Gönner hat.«

»Ich werde das Gefühl nicht los, dass mit diesem de Villier etwas nicht stimmt«, warf Romberg ein.

Gluck hob die Brauen. »Sie haben sich doch über ihn informiert?«

»Ja, seine Zahlen sind sehr beeindruckend. Aber ich hörte einige Zwischentöne bei meinen Informanten. Nicht sehr konkret, aber wie eine Aufforderung, tiefer zu graben. Einer sprach dunkel von Neu-Isenburg und 1983.«

»Neu-Isenburg und 1983? Hm. Die Stadt zog einst viele Hugenotten an, daher der Bezug zu Frankreich. Gut, graben wir direkt vor unserer Haustür. Es wird mir ein Vergnügen sein.«

Tags darauf schlug Romberg die »Mainglocke« auf, der Erlöser herrschte über den Lokalteil. In bewegenden Worten schilderte Froloff, wie de Villier den Wochenmarkt am St.-Helena-Platz besichtigte, wie er von den Erdbeeren kostete und einer Marktfrau die Wange tätschelte.

Romberg rief den Redakteur an. »Lieber Froloff, wann haben diese Villier-Weihewochen denn ein Ende?«

Froloff war die Verlegenheit durch die Leitung hindurch anzumerken. »Nun, mein Chefredakteur ist begeistert von dem Herrn. Und wenn de Villier nur die Hälfte von dem hält, was er verspricht, ist das doch gut.«

Am Montag machte die »Glocke« mit de Villier und dem 1. FC Schaffenfels 1893 auf. De Villier hatte das Heimspiel am Samstag besucht, das mühelos mit 4:1 gewonnen worden war. De Villier war nebst der blonden Sonnenbrille auf der Haupttribüne gesessen und hatte in der Halbzeit zum Volk gesprochen. Er hatte die Sanierung der Tribüne inklusive des Baus von 80 VIP-Lounges angekündigt, dazu den Kauf von drei Albanern für Mittelfeld und Sturm sowie den baldigen Aufstieg in die 2. Liga.

Welch ein Feuerwerk! Romberg saß im Büro und schüttelte den Kopf.

Das Telefon summte. Gluck.

»Lieber Christof, ich habe auftragsgemäß gegraben, tief und gründlich.«

»Und?«

»Ich bin fündig geworden.«

14. KAPITEL
EIN TÖNERNER KOLOSS

20 Minuten später war Romberg in der Kanzlei, Gluck erwartete ihn mit blitzenden Augen. Sie nahmen in seinem Büro Platz, wo Gluck ein kleines schwarzes Notizbuch öffnete. Fein säuberlich hatte er ein paar Spiegelstriche untereinander gereiht.

Er schnalzte genüsslich mit der Zunge. »Unser guter Adam Villier stammt aus Neu-Isenburg. Sein Vater hatte dort eine Apotheke. Nichts Großes. Anfang der 1980er-Jahre betritt der Sohn die Bühne. Mit dem Studium der Pharmazie hat es nicht geklappt, weshalb er als Versicherungsvertreter beginnt und rasch eine ganze Vertriebstruppe beisammenhat. Ein kleiner Strukki also. Flotter Start, aber dann ein paar Unfälle – Anzeigen wegen Provisionsschwindel und Scheckbetrug. 1983 der erste Offenbarungseid. Heute nennt man das Vermögensauskunft. Klingt netter, meint aber dasselbe. Das war Villiers erste Pleite.«

Romberg schmunzelte. »Also ein Frühvollendeter. Warum nennen Sie ihn nicht *de* Villier?«

»Weil das ›de‹ erst viel später auf wundersame Weise in seinen Ausweis gekommen ist. Wie, das weiß ich noch nicht. Das muss nach der zweiten Pleite 1987 in Deutschland gewesen sein, nach dem missglückten Vertrieb von Fertighäusern.«

Romberg wurde immer gespannter. »Und dann?«

»Dann verliert sich seine Spur. Für einige Jahre liegt nichts über ihn vor, danach ging für ihn in Frankreich die Sonne auf. Mehr habe ich bislang leider nicht.«

Romberg wiegte den Kopf. »Könnte doch sein, dass er heute tatsächlich ein solides Imperium hat.«

Gluck antwortete: »Kann, aber mein Gefühl sagt mir, dass an dem Herrn Entrepreneur wenig echt ist. Nicht mal der Name stimmt. Wie wäre es, wenn nun Sie noch mal graben?«

Romberg fiel sein Kontakt bei Airbus in Toulouse ein. Einen Versuch war es wert.

Zurück in seinem Büro, rief er den Geschäftsfreund an.

Der meinte: »Sie gibt's ja wirklich noch!«

Romberg schilderte kurz und offen, worum es ging.

Am anderen Ende war es zunächst still, dann hieß es: »Ich kenne jemanden bei der Société Générale und einen Wirtschaftsanwalt in Paris. Der ist vorzüglich verlinkt. Wen der Maître nicht kennt, den gibt's nicht. Sie hören von mir.«

48 Stunden später hatte Romberg die Informationen. Er lud Gluck auf ein Glas Gold ins »Uhrtürmchen«. Sie saßen wieder in der Ecke am Hausaltar.

Leise sagte Romberg: »Unser Erlöser ist durchaus zwei Milliarden Euro schwer.«

Gluck presste die Lippen zusammen.

»Nur gehören sie ihm nicht mehr«, fügte Romberg hinzu.

Gluck begann zu strahlen. »Ich bitte um jedes einzelne köstliche Detail.«

»Villier ist ein tönerner Koloss. Seine zwei laufenden Großprojekte im Bau wird er mit einem Riesenverlust abschließen, der Pharmagroßhandel ist ebenfalls defizitär. Seine Immobilien sind bis in den Luftraum über ihnen beliehen, die Miete für das Penthouse in Paris ist seit drei Monaten überfällig. Und seinen Fußballclub wollen nicht mal mehr die Russen kaufen.«

Gluck trank genussvoll. »Solche Nachrichten liebe ich.«

Romberg fuhr fort: »In Paris gibt man ihm noch ein halbes Jahr, dann ist Schluss mit lustig.«

»Noch zwei Gold, bitte.« Gluck orderte beim Wirt Nachschub und verfiel ins Nachdenken. »Was er wohl vorhat mit seinem dröhnenden Auftritt in Schaffenfels?«

Romberg meinte: »Das erinnert mich an die Leute, die sich samstags zum Spaß als Kaufinteressenten ausgeben und Luxusvillen besichtigen.«

Gluck schüttelte den Kopf. »Nein, Villier ist kein Tropf. Könnte doch sein, dass er sich irgendwoher einen Kredit besorgt, um die Köller-Werke zu kaufen, zu fleddern und dann so schnell wie möglich wieder zu verkaufen? Natürlich mit einem guten Schnitt. Das könnte ihn retten.«

»Fremdfinanzierte Firmenübernahmen zwecks Ausplünderung sind schon länger in Mode – wenig Geld in der Tasche, aber viel Gier im Hirn. Wäre eine Möglichkeit. Was sollen wir nun tun?«

Glucks Krötenaugen glitzerten. »Druck aufbauen, am besten über die Medien. Wie ich höre, sind Sie darin ganz gut, mein Lieber. Wir müssen diesen Erlöser aus Schaffenfels vergraulen, vielleicht kommen wir dann doch noch zum Zuge.«

Romberg ließ die Worte auf sich wirken und nickte dann. Kurz dachte er an Froloff von der »Glocke«. Nein, für diesen Scoop war das Blatt zu schwachbrüstig. Er brauchte nicht den Schützenverein, sondern die schwere Feldartillerie.

Am nächsten Morgen rief er einen Redakteur der FAZ an, mit dem er gut konnte. Sie trafen sich in Frankfurt, im Frankfurter Hof in der eleganten Lounge mit den hellen Sommerfarben.

Der Artikel erschien zwei Tage später. 100 Zeilen, in denen der Erlöser kunstvoll gehäutet wurde.

15. KAPITEL
DER RÄUDIGE TIGER

Halb Schaffenfels hatte einen Kater. Bei Romberg im Büro stand das Telefon nicht mehr still. Bürgermeister Wuttke erklärte, er habe schon immer herbe Zweifel an der Bonität des Herrn de Villier gehabt. Madame Lumpi meinte säuerlich: »De Villier ist heute früh nach einem Champagnerfrühstück überstürzt abgereist. Ich hoffe nur, dass sein letzter Scheck gedeckt ist.«

Dann der Anruf, auf den Romberg gewartet hatte. Unwillkürlich duckte er sich, doch der Junior schien bester Laune.

»Das war ja schöner Lesestoff in der FAZ. Mein Lieber, ich sollte aufhören, Sie zu unterschätzen. Was halten Sie davon, wenn wir uns heute Abend bei mir im Büro treffen? Ich lasse ein paar Kleinigkeiten von den Brinkmann-Stuben liefern und dazu einen samtigen Burgunder. Wäre 20 Uhr recht?«

Romberg sagte zu und machte sich Notizen für den Abend.

Als er um 20 Uhr das schneeweiße Büro betrat, erwartete ihn Köller junior entspannt am Besprechungstisch sitzend. Sie waren allein, die Sekretärin war gegangen, in der ganzen Villa war es still. Auf dem Tisch standen zwei silberne Platten mit appetitlichen Häppchen, dazu zwei Flaschen Rotwein und feine bauchige Gläser. An der Wand gegenüber hing ein farbiges Plakat mit den neuen »Leitlinien« der KoellerCom.

Romberg streifte sie mit einem kurzen Blick. »Die Mitarbeiter sind unser größtes Kapital« hieß es da in dicken Lettern. Nicht fehlen durfte die Verpflichtung zur nachhaltigen Entwicklung und zur Diversität. Das ganze Gesäusel.

In einer Ecke erblickte Romberg einen Golfbag, der dort lässig lehnte, und erinnerte sich. Der Junior pflegte eine kleine Marotte: Jeden Dienstag und Freitag fuhr er punkt 15 Uhr zum Golfplatz, um ein paar Löcher zu spielen. Der Abend gehörte wieder dem Büro. Sechs Kilometer auf dem schmalen Schleichweg durch den Wald waren es bis zum Golfplatz, acht Kilometer bis zu dem Gewerbegebiet, wo die KoellerCom ein kleines Außenlager unterhielt. Er selbst nahm den Schleichweg bisweilen auch, wenn er zur Autobahn wollte.

Köller erhob sich, begrüßte ihn mit Handschlag und fragte freundlich: »Spielen Sie auch Golf?«

»Habe ich mir für den Ruhestand vorgenommen.«

»Unterschätzen Sie Golf nicht. Das ist eine der technisch anspruchsvollsten Sportarten überhaupt. Und beim Golfen wird man demütig«, entgegnete Köller.

Davon habe ich bei dir bisher wenig gespürt, dachte Romberg und nahm am Tisch Platz.

»Bitte bedienen Sie sich«, sagte Köller und nahm selbst ein Schnittchen mit Roastbeef.

Romberg hatte wenig Appetit, er wollte zur Sache kommen. Während Köller genussvoll kaute und vom Roten kostete, entwarf Romberg ein detailliertes Bild von

Villier, inklusive aller hässlichen Einzelheiten. Unmerklich redete er sich in Rage und schloss: »An diesem Herrn stimmt nichts, nicht mal der Name. Bei dem ist alles geliehen. Er hat keine zwei Milliarden, sondern an die 100 Millionen Schulden, wenn man alles verrechnet. Ich kann mir nicht vorstellen, dass Sie eine solche Existenz in unsere Firma lassen wollen.«

Der Junior hatte aufmerksam zugehört, bisweilen zustimmend genickt. Er biss in ein Lachsbrötchen und sagte vergnügt: »Sie waren fleißig, mein Bester. Stimmt alles, was Sie da ausgegraben haben. Allerdings würde ich die Verbindlichkeiten von Villier noch deutlich höher ansetzen. Der Mann ist fertig.«

Romberg war sprachlos.

Der Junior fuhr fort: »Glauben Sie denn, er ist der Einzige, mit dem ich verhandle? Er war durchaus nützlich, er trieb den Preis hoch. Das hilft mir bei den Gesprächen mit der anderen Gruppe. Das sind Leute mit Substanz.«

»Mit welchen anderen?«

Köller musterte ihn prüfend. »Das erzähle ich Ihnen gerne, wenn wir wissen, woran wir miteinander sind.«

»Und wie soll das Miteinander aussehen?«

Der Junior verschränkte kunstvoll seine Hände. »Mein Lieber, ich habe lange mit mir über die Strategie für die KoellerCom gerungen. Sie sollten begreifen, dass die Firma so, wie wir sie betreiben, wenig Zukunft hat. Mag sein, dass wir uns noch mal erholen können, aber auf Dauer sehe ich schwarz.«

Romberg entgegnete fest: »Das sehe ich gänzlich anders. Die Köller-Werke haben eine Zukunft, gerade mit ihren traditionellen Werten. Ich sage es zum wiederholten Mal – wir bleiben kreativ, wir kommen mit Sachen auf den Markt, die keiner sonst bietet, und wir werden damit Erfolg haben. Braucht bloß ein bisschen Geduld.«

Köller blickte ihn mitleidig an. »Ich bitte Sie, diese mühselige Forschung, der ganze komplizierte Laden, und alles für eine mickrige Rendite, falls überhaupt. Nach einem Verkauf könnten wir neu anfangen – die Welt steht uns offen für aufregende Investments. Dafür brauche ich nur meinen Kopf, mein Notebook und mein Netzwerk. Dann kann Geld richtig Geld verdienen.« Bei den letzten Worten strahlten die hellgrauen Augen.

Romberg blieb kühl. »Wenn Sie unbedingt verkaufen wollen, haben Sie ja seit Längerem einen seriösen Interessenten. Mich.«

Köller schüttelte den Kopf. »Sorry, aber Ihr Angebot kann mit dem der anderen nicht mithalten. Nicht mal ansatzweise.« Der Erbe hob matt die Hände. »Und bitte glauben Sie mir, dass mir das alles nicht leichtfällt. Auch mich berührt es, wenn eine lange familiäre Tradition zu Ende geht.«

Schwer zu glauben, dachte Romberg, doch für einen Moment hatte sich ein weicherer Klang in die Stimme des Erben geschlichen.

Köller faltete die Hände auf dem Tisch, betrachtete sie lange und fixierte dann Romberg. »Ich weiß ja, dass Sie mich nicht mögen, nie gemocht haben. Eigentlich schade.« Er schaute kurz aus dem Fenster. »Sie kennen mich nur aus dem Job. Privat bin ich ganz anders, sagen meine Freunde. Wussten Sie, dass ich in London ein Waisenhaus für Migrantenkinder unterstütze?«

»Respekt, das habe ich nicht gewusst.« Das war eine neue Seite an dem Junior. Zu anderen Zeiten, unter anderen Umständen hätte es anders mit ihnen beiden laufen können. Sekundenlang öffnete sich im Raum eine Tür in eine andere Welt.

Romberg schlug sie wieder zu. »Zurück zum Geschäft. Was schlagen Sie mir vor?«

Köller senkte die Stimme. »Was ich jetzt sage, bleibt hier in diesem Raum. Draußen werde ich bestreiten, dass dieses Gespräch je stattgefunden hat.«

»In Ordnung.«

Köller schnappte sich erneut ein Lachsbrötchen und sagte dann leichthin: »Die anderen sind hoch interessiert an der KoellerCom. Wenn wir unsere Zahlen weiter optimieren, könnte ich mir eine sehr erfreuliche Gesamtlösung vorstellen. Sehr erfreulich auch für Sie.«

»Ich nehme an, Sie wollen keinen Minderheitsaktionär einladen, sondern Ihr ganzes Paket verkaufen?«

»So ist es. Sollten Sie mit Ihren vier Prozent auch tun, mein Guter.«

Die Katze war aus dem Sack, nein, ein räudiger Tiger. Romberg schwieg, das musste er erst einmal verdauen.

Er fasste sich. »Wie kam dieser Kontakt zustande, etwa durch Ihre Frau Putlitz?«

»Exakt. Iris ist ausnehmend tüchtig, finden Sie nicht auch?«

»Auf ihre Art schon«, murmelte Romberg. »Warum diese plötzliche Offenheit, lieber Herr Köller?«

Der Junior füllte beiden die Gläser nach, kostete sorgsam ein Schlückchen und schwärmte: »Dieser Vosne Romanée ist vorzüglich. Erstaunlich, dass so etwas hier in diesem Schaffenfels zu kriegen ist.« Er lächelte. »Natürlich haben Sie keine Chance, die Firma zu übernehmen, aber Sie haben ein gewisses Störpotenzial. Da habe ich Sie lieber an meiner Seite als gegen mich, ist doch klar.

Außerdem bin ich harmoniebedürftig und habe immer das Wohl meiner Mitmenschen im Auge.«

Romberg musste lachen. Was würde nun kommen?

Köller beugte sich ihm entgegen. »Wenn Sie kooperieren, lege ich ein Extra drauf. Wir wäre es mit einer Million? Das gibt zusammen mit Ihrem Aktienerlös ein rundes Sümmchen. Meinetwegen können Sie sich später mit Ihrem Eisele zusammentun und eine eigene kleine Bastelstube aufmachen. So bleibt ein Stück Ihrer geliebten Old Economy in Schaffenfels.«

Plötzlich hatte Romberg Hunger wie nach einem Begräbnis. Er bediente sich von den Silberplatten und fragte den Junior: »Mal vorausgesetzt, die *anderen*, wie wir sie nennen wollen, übernehmen die KoellerCom – was haben die damit vor?«

Der Junior zuckte mit der Schulter. »Ich denke, die werden das Werk in Rumänien vorantreiben. Hier am Standort wird nicht viel bleiben. Für die wichtigsten Patente haben sie wohl in den USA Abnehmer. Könnte auch gut sein, dass einige Unternehmensbereiche einfach stillgelegt werden. Vielleicht haben sie genau diesen Auftrag von dritter Seite, die lästige Konkurrenz loswerden will. Außerdem sind natürlich unsere Grundstücke hochinteressant.«

»Die wollen also schnell rein, alles verwerten und dann schnell wieder raus?«

Köller lachte. »Müssen Sie das so direkt ausdrücken?«

»Und was wird aus Schaffenfels?«

»Das kann nicht mehr meine Sache sein. Jeder ist für sich selbst verantwortlich.« Köller richtete sich auf: »Worum ich Sie bitten möchte – lassen Sie Frau Putlitz und mich den Deal in Ruhe perfekt machen. Wir brauchen noch etwas Zeit. Wir hübschen unsere Firma weiter auf, bis sie ordentlich gemolken werden kann. Der Aktienkurs muss hoch bleiben, dann dürfte ich einen guten Preis erzielen. Die anderen, so mein Gefühl, sind ganz wild auf den Deal.«

»Was erwarten Sie von mir im Zuge dieser *Gesamtlösung*?«, fragte Romberg.

»Dass Sie wirklich kooperieren. Machen Sie Business as usual, halten Sie sich aus der ganzen Sache raus. Das wird natürlich jede Menge Staub aufwirbeln in Schaffenfels, aber Sie sind aus der Schusslinie. Den Schurken werde ich spielen müssen. Ein wenig kann ich auch auf die Putlitz und McKlusky abladen. Na, was denken Sie?«

Romberg blickte ebenfalls aus dem Fenster. Es war stockdunkel geworden, von den Bäumen im Park der Villa sah er nur noch Schattenrisse. War noch Hass auf den Vater und ihn im Junior, was Gluck stets behauptete? Eher nicht. Die Zockerei stand im Vordergrund, das Mainopoly.

Plötzlich wollte er weg, nur raus aus dem schneeweißen Büro.

Köller entkorkte gerade die zweite Flasche und sah Romberg einladend an. »Noch ein Gläschen?«

Romberg lehnte dankend ab und erhob sich. »Das alles muss ich überschlafen.«

Der Junior nickte. »Aber überlegen Sie nicht zu lange.«

Romberg machte sich zum Gehen bereit, in der Tür drehte er sich noch einmal um. »Und wenn ich Nein sage?«

Köller ließ den Vosne Romanée im Glas kreiseln. »Dann fährt der Zug ohne Sie ab.«

16. KAPITEL
KRIEG

Noch in der Nacht rief Romberg den alten Anwalt an. Er seufzte am Ende seines Berichts: »Lieber Paul, Sie hatten recht. Der Junior will Kasse machen und sonst nichts. Er wird verkaufen und sich anschließend die Hände in Unschuld waschen. Was danach passiert, geht ihn nichts mehr an. Dann ist er längst zurück in London.«

Gluck murmelte: »Unpatriotisches Pack, der Junior und diese Putlitz. Dennoch: Was Ihnen der Junior anbietet, ist sehr attraktiv. Wollen Sie nicht mitmachen?«

»Trauen Sie mir das wirklich zu?«

»Nein, natürlich nicht. Welche Optionen haben wir noch?«

»Die sind sehr überschaubar. Ich habe diesen Villier platzen lassen, doch damit haben wir nur ein bisschen Zeit gewonnen. Der Junior scheint einen weiteren, sehr potenten Interessenten an der Angel zu haben. Was wir dagegen unternehmen können, ist mir noch unklar.«

»Ich schlage vor, wir treffen uns morgen Abend bei mir zu Hause, in Ordnung?«

Romberg sagte zu, er war neugierig, was Gluck im Köcher hatte.

Am mächtigen Walmdachhaus Glucks auf der Rosenhöhe leuchteten am Abend darauf die warmen, gelben Lampen, der Hausherr erwartete Romberg in der Tür und geleitete ihn zur Hausbar im Keller.

»Ich habe mir erlaubt, noch jemanden einzuladen«, sagte er auf der Treppe.

Es war Froloff, der mit einem Glas Schaffenfels Gold schon an der Bar hockte. Der Journalist trug diesmal die ergrauenden langen Haare offen, ein melancholischer Mantel für das sensible Pferdegesicht. Zögernd gab er Romberg die Hand und klagte: »Also, die Story mit Villier hätte eigentlich mir gehört.«

Romberg nuschelte, vom schlechten Gewissen geplagt: »Ich musste abwägen, bitte verstehen Sie das.«

»Schon gut, die in Frankfurt sind natürlich wirkmächtiger.«

Gluck schwang sich hinter den Tresen, hantierte am Zapfhahn und sagte: »Nun wollen wir uns nicht weiter streiten, wir haben doch alle dasselbe Ziel. Deshalb habe ich Herrn Froloff dazugebeten.«

Romberg erfasste seinen Plan sofort. »Wir sollen also nachlegen mit den Medien?«

Gluck reichte ihm ein schaumgekröntes Glas. »Genau. Das ist die einzige Möglichkeit, dem Junior und Frau Putlitz in die Parade zu fahren. Wenn wir das, was er plant, an die Öffentlichkeit bringen, bricht hier in Schaffenfels ein Sturm los. Vielleicht geht der neue Interessent dann auf Abstand.«

Romberg war nicht überzeugt, doch einen Versuch war es wert. Kurz setzte er Froloff über sein gestriges Gespräch mit Köller junior ins Bild.

Der wiegte den Kopf. »Hm, wenn ich darüber schreibe,

spaziere ich über dünnes Eis. Sie kennen ja noch nicht mal den Namen des Interessenten. Und Köller wird alles dementieren.«

Gluck wedelte mit der linken Hand. »Macht nichts. Ihr von der Presse versteht es wunderbar, mit Andeutungen und vielen Fragezeichen zu arbeiten.«

Romberg griente, langsam gewann er Spaß an der Sache.

Die Stimmung in der Kellerbar stieg, während sie die Eckpunkte für den Artikel festlegten, den Froloff veröffentlichen sollte.

Als Gluck die beiden Stunden später an der Haustür in die stille Nacht entließ, meinte er aufmunternd: »Halten wir uns an den alten Cicero. Der sagte: erst mal einen Kampf anzetteln, die Dinge in Bewegung bringen. Dann ergibt sich oft etwas.«

Das tat es eine Woche später. In der »Mainglocke« erschien Froloffs Bericht, sehr vorsichtig, mit vielen Konjunktiven und Rückabsicherungen versehen. Der Artikel auf Seite drei trug den Titel »Schaffenfels in Sorge – Gerüchte um die KoellerCom«. Froloff hatte auch den Junior befragt, der von »unverantwortlichen Spekulationen« sprach und davon, wie er sich dabei aufreibe, der KoellerCom das Überleben zu sichern.

Sehr aufgerieben sah er allerdings nicht aus, als er tags darauf Romberg in seinem Büro gegenübersaß. Romberg hatte ihm gerade mitgeteilt, dass er bei der »Gesamtlösung« nicht mitzuwirken gedenke. Köller würdigte die »Mainglocke« mit keiner Silbe, sondern entgegnete nur kühl: »Schade, Romberg. Sie wollen also Krieg. Den können Sie gerne haben.«

17. KAPITEL

DREADNOUGHT

»Haben Sie kurz Zeit für mich?«

Romberg blickte von der kleinen Sitzbank inmitten des Parks hinter der Villa auf. Eigentlich wollte er in der Wintersonne ruhig nachdenken, eine Zigarette weit weg von seiner schnuppernden Frau Deuerlein genießen, doch der pummelige 30-Jährige, der vor ihm stand, würde ihn nie ohne einen triftigen Grund stören.

»Setzen Sie sich zu mir, lieber Herr Wollenberg.«

Thomas Wollenberg war der Herr der elektronischen Netze im Köller-Werk, der Administrator der Firmen-IT. Ein guter Mann und einer, der noch zu ihm hielt.

»Was haben Sie auf dem Herzen?«

»Gehen Sie mit Ihren Mails häufig über den Firmenserver?«

»Natürlich, ist für mich immer noch die beste Kommunikationsform.«

Wollenberg rutschte unbehaglich auf der Bank hin und her. »Ich möchte Sie warnen. Bei heiklen Themen sollten Sie besser einen privaten Account über Ihr Notebook nutzen.«

»Können Sie das bitte konkretisieren?«

Wollenberg blickte um sich, sie waren allein im Garten. »Der CEO ist neuerdings viel in unserem Server unterwegs. Sie wissen ja, er hat neben mir als einziger Zugriff auf alle Mails der KoellerCom.«

»Ja und?«

»Bis vor Kurzem hat ihn der Server nicht interessiert, er hat ausschließlich über seine privaten Mail-Accounts kommuniziert. Doch plötzlich ist er ständig bei uns im Netz.«

Romberg wurde hellhörig. »Und Sie vermuten, dass er meine Mails liest?«

Wollenberg hob die Schultern. »Beweisen kann ich das nicht. Sie wissen ja, dass bei einem solchen Zugriff jede Kopie und jede Änderung protokolliert wird. Aber nicht, wenn der Eindringling nur liest. Dann hinterlässt er keine Spur.« Der IT-Mann schwieg kurz, bevor er erneut anhob. »Sie sollten auch Ihr Smartphone und den Apparat für das Festnetz checken lassen.«

»Sie glauben doch nicht, dass Herr Köller ...«

»Ich glaube gar nichts. Aber anlässlich der Renovierung der Büros schlichen auch ein paar Gestalten durch die Villa, die mit Umbaumaßnahmen nichts zu tun hatten. Es wäre gut, wenn wir in Ihrem Büro nach Wanzen suchen lassen. Ich kenne einen Experten, der kann diskret nach Feierabend vorbeikommen, sogar mit mobilem Röntgengerät«, erwiderte Wollenberg.

Romberg ließ das auf sich wirken, dann drückte er Wollenberg die Hand. »Danke für die Informationen, ich werde künftig vorsichtiger sein. Und wir machen das mit diesem Experten.«

Der IT-Mann blickte erneut um sich und wies auf die Villa. »Ich muss zurück, dort beäugt mittlerweile jeder jeden. Früher ging ich gerne zur Arbeit in die Villa, heute ist das für mich ein Eishaus geworden.«

Romberg zündete sich eine zweite Zigarette an. Den Junior mit der Sache zu konfrontieren, war sinnlos, er würde alles lächelnd abstreiten. Kurz war Romberg versucht, Gluck anzurufen. Nein, das würde er später machen, nach dem Kauf eines Zweithandys. Seufzend setzte auch er sich Richtung Büro in Bewegung. Iris kam ihm in den Sinn. Sie hatte momentan kaum Zeit, es reichte nur für eine wöchentliche, hastig-heimliche Begegnung.

Hinter seinem Schreibtisch ging er die Tagespresse durch, durchtränkt von schlechter Laune. Ganz gegen seine Erwartung war nach der Geschichte in der »Mainglocke« in Schaffenfels kein Sturm losgebrochen, nicht mal ein Lüftchen. Romberg schien, als ob die Leute schicksalsergeben durch die Straßen trotteten. In der Firma herrschte auf den Fluren und in den Werkhallen ängstliche Ruhe. Betriebsrat Hemmerle war kurz bei Köller gewesen und hatte Romberg danach im Brustton der Überzeugung gesagt: »Was da in der ›Mainglocke‹ angedeutet wurde, traue ich nicht mal dem Junior zu.«

Romberg hatte entgegnet: »Spielen Sie lieber schon mal den Worst Case durch.«

Hemmerle hatte ihn aus großen Augen angeblickt, es hatte gearbeitet in ihm. Er hegte noch Hoffnungen, weil er Hoffnungen hegen wollte.

Und auch Köller verstand sich auf Public Relations. In der FAZ und in der »Glocke« kam er in ausführlichen Interviews zu Wort. Er entsorgte den Erlöser als »bedauerliche Petitesse« und sang ein Hohelied auf »das väterliche Vermächtnis«. Er kündigte eine »nachhaltige Lösung für den Standort Schaffenfels« an.

Dieser Froloff war wahrlich keine große Hilfe. Am Morgen hatte Romberg den Redakteur auf dem Wochenmarkt am St.-Helena-Platz getroffen und sich vor ihm aufgebaut. »Wann kommt Ihre Story über die aus dem Nest gefallenen Vögelchen, die unser lieber Herr Köller eigenhändig aufzieht?«

Froloff hatte wie ein Unglückswurm vor ihm gestanden, ein Säckchen Tomaten an seiner Linken. »Ich spüre ja mit allen Fasern, dass er lügt. Aber ich musste seine Aussagen als Interviewer erst einmal für bare Münze nehmen. Bringen Sie mir belastbare Fakten, dann reden wir weiter.«

Belastbare Fakten gab es, jedoch keine sonderlich ermutigenden, dachte Romberg an seinem Schreibtisch. Der Junior hatte nämlich in der heutigen Ausgabe der FAZ verkündet, dass er bald mit der Dreadnought Capital Group aus Boston den endgültigen neuen Partner für eine sichere Zukunft präsentieren werde. In Frankfurt würde damit der Kurs der Köller-Aktie noch heute steigen, kurz nach der Delle wegen des Debakels mit dem Franzosen.

Die Dreadnought Capital Group aus Boston. Romberg hatte von ihr gehört. Ihn durchfuhr es kalt. Gegen die war Villier ein Handlungsreisender in Unterwäsche. Dreadnought war ein global operierender Mischkonzern, hocheffizient, sehr renditestark, Kapital ohne Ende. Dreadnought hatte immer Geld verdient – vor der Finanzkrise, während der Finanzkrise und danach. Dreadnought machte alles: Firmenübernahmen, Finanzierungen, Firmenbeerdigungen.

Das war ein fast übermächtiger Gegner. Mal sehen, was Gluck dazu meint, dachte Romberg und rief ihn an. »Haben Sie die heutige Presse schon gelesen?«

»Mein Lieber, das erledige ich jeden Morgen vor acht.

Ich nehme an, Sie wollen mich wegen Dreadnought sprechen?«, kam es knurrend zurück.

»Ja, aber nicht am Telefon. Kann ich kurz rüberkommen in die Kanzlei?«

Er nahm den kleinen Fiat, sah aber, dass der dringend geladen werden musste.

Der alte Anwalt empfing ihn weit weniger düster als gedacht. Romberg nahm vor seinem Schreibtisch Platz und nippte vorsichtig von dem duftenden Tee, den Glucks Schreibkraft servierte.

Der Anwalt entzündete eine Zigarre und begann genussvoll zu paffen. In die Stille hinein sagte er träumerisch: »Ein schönes Schiff, der Stolz der Royal Navy.«

»Wie?«

»Sie kennen die Dreadnought nicht, das erste moderne Schlachtschiff? Wurde 1906 von den Briten in Dienst gestellt. Wir hatten auch welche, aber leider zu wenige. Dreadnought heißt übrigens so viel wie ›Fürchtenicht‹.« Gluck schwenkte die Zigarre Richtung Romberg. »Doch auch die Dreadnoughts kann man versenken!«

18. KAPITEL
AM WALDRAND

»Für einen offenen Angriff über Wasser fehlen uns die Mittel. Dachten Sie an Torpedos?«, fragte Romberg.

Der Anwalt entließ eine weitere Zigarrenwolke Richtung Bürodecke und sagte dann bedeutungsvoll: »So etwas in der Art. Als Unterlegene versuchen wir es mit asymmetrischer Kriegsführung. Haben Sie neben der Sache mit Dreadnought auch die kleine Notiz unseres Freundes Froloff über die jüngste Mainverschmutzung durch Quecksilber gelesen?«

»Habe ich, aber mir ist unklar, inwiefern uns das weiterbringen soll.«

Gluck ergriff einen silbernen Brieföffner und schwang ihn wie ein Minischwert hin und her. »Das will ich Ihnen gerne erklären. Wir sollten dazu auch den Verschönerungsverein Schaffenfels reaktivieren. Der dümpelt derzeit nur vor sich hin.« Er erklärte sein Vorhaben lange und eindringlich.

Am Ende nickte Romberg. »Ja, das könnte klappen. Ist allerdings nicht ganz astrein.«

Gluck nickte mit. »Es ist ein Akt der Notwehr, da sind mir viele Mittel recht. Die Gegenseite spielt auch nicht sauber.«

Am frühen Nachmittag sinnierte Romberg in seinem Büro weiter über Glucks Idee. Einen Versuch war es wert, denn ansonsten würde Dreadnought ihn zerquetschen wie ein lästiges Insekt.

Frau Deuerlein schaute herein. »Kann Herr Wollenberg kurz zu Ihnen?«

»Klar doch, gerne.«

Der IT-Mann trat ein und fragte leise: »Lust auf einen Gartenspaziergang?«

Romberg nickte, und gemeinsam setzten sie sich in Bewegung.

Hinter der Villa war es ruhig, nicht mal die Gärtnerin Luzie war zu sehen.

»Der Detektiv könnte am nächsten Samstag gegen 10 Uhr wegen der Wanzen kommen. Passt Ihnen das? Der CEO und die Putlitz sind an diesem Tag nicht in Schaffenfels.«

Romberg hatte keine Einwände.

»Noch was anderes …« Wollenberg sah Romberg fragend an. »Ich muss gleich in unser Außenlager, ein paar Kabel holen. Leider ist mein Auto in der Inspektion. Könnte ich mir Ihr E-Mobil ausleihen?«

Romberg schüttelte den Kopf. »Der Fiat hängt gerade am Tropf, die Batterie war ziemlich erschöpft. Aber Sie können meinen BMW nehmen.«

Wollenberg freute sich. »Danke. Schön, mal mit einem solchen Wagen unterwegs zu sein. Leider kann ich den auf dem Schleichweg am Wald kaum ausfahren.«

Romberg gab ihm den Schlüssel und sah zu, wie der IT-Mann den silberfarbenen Gran Turismo startete und losfuhr. Gut, dass es in der Firma noch Leute wie ihn gab, dass er in seinem Kampf nicht ganz alleine war. Er sah auf seine Piaget. Gleich 16 Uhr, er musste zurück. Denn um 16 Uhr erwartete er einen Anruf von Airbus.

Eine Regenwand hatte sich unbemerkt herangeschlichen und es begann zu tropfen. Als Romberg die Villa erreichte, prasselte der Regen bereits ordentlich herunter.

Kaum war er im Büro, kam eine SMS vom Airbus-Partner: »Sorry, melde mich erst morgen.«

Romberg hatte nun hinter seinem Schreibtisch viel Zeit zum Nachdenken. Er verspürte Sehnsucht nach Iris. War ein Leben mit ihr nach KoellerCom möglich? Er seufzte und schwor sich, sein Leben nicht nur dieser verfluchten Firma zu widmen.

Da riss Claudia Deuerlein die Tür zu seinem Büro auf. Ihre Augen waren vor Schreck geweitet, sie hielt ihm zitternd ihr Telefon hin. »Die Polizei will Sie sprechen.«

»Weswegen?«

»Herr Wollenberg hat einen Unfall gehabt.«

»Oje, ist er verletzt?«

Claudia Deuerleins Stimme brach. »Nein, viel schlimmer. Er ist … Er ist tot.«

Romberg griff sich den Apparat.

Am anderen Ende meldete sich ein Hauptkommissar Bronski. »Herr Romberg, ich muss Ihnen leider mitteilen, dass Ihr Mitarbeiter Wollenberg in Ihrem Fahrzeug ums Leben gekommen ist. Und zwar einen Kilometer vor dem Golfplatz. An der Stelle, wo der Weg am Waldrand einen scharfen Knick macht.«

»Soll ich zur Unfallstelle kommen?«

Bronski räusperte sich. »Das war kein Unfall. Herr Wollenberg wurde erschossen.«

19. KAPITEL
ROMBERG WIRD ETWAS KLAR

Das alles war doch völlig unwirklich! Romberg stand im strömenden Regen unter einem Baum und betrachtete wie versteinert die bizarre Szenerie.

Die Dämmerung hatte eingesetzt, mannshohe Strahler hüllten den BMW in gleißendes Licht. Der Gran Turismo hing schräg in einem Graben neben dem schmalen Weg, seine Frontscheibe und die linke Seitenscheibe waren zertrümmert und rot gesprenkelt. Männer in weißen Anzügen waren rund um das Wrack zugange, das von einer provisorischen Plane nebst Stangen überdacht war. Neben dem Wrack lag ein Leichensack.

Romberg schluckte, ihm war immer noch übel. Vor wenigen Stunden noch hatte er mit Wollenberg gesprochen, und gerade eben hatte er das, was von ihm übrig war, identifiziert. Er fühlte sich wie gelähmt.

Ein untersetzter Mann um die 40 gesellte sich zu ihm. Es war Hauptkommissar Bronski, der emotionslos referierte: »Der Täter hat sich den besten Platz ausgesucht. Hier an der Biegung muss man vom Gas, exakt hier ist eine exzellente Schussposition. Der Täter ging auf Nummer sicher. Er hat eine ganze Salve losgelassen, in die Frontscheibe und seitlich zum Fahrersitz hin. Ich tippe auf einen Profi, denn ganz so einfach ist das nicht.«

Romberg erwachte aus seiner Lähmung. »Wissen Sie schon etwas mehr? Gibt es erste Spuren?«

Bronski hob die Schultern. »Wir haben einige Projektile sichergestellt. Auf den ersten Blick wurde wohl ein HK G3 benutzt, das Gewehr war lange eine Standardwaffe der Bundeswehr. Die Spurenlage ist schlecht. Die Waffe haben wir bisher nicht gefunden, auch keine Reifenspuren oder Fußabdrücke im Wald und an der Stelle, wo der Schütze mutmaßlich abdrückte. Der verdammte Regen hat alles aufgeweicht.«

»Gibt es Zeugen?«

»Hier draußen? Und bei dem Wetter?« Bronski legte ihm eine Hand auf die Schulter. »Wir stehen ja erst am Anfang. Morgen treffen wir uns in Ihrer Firmenzentrale und beginnen damit, alles um das Opfer herum auszuleuchten. Haben Sie irgendeine Vermutung, weshalb es jemand auf Herrn Wollenberg abgesehen haben könnte?«

Benommen erwiderte Romberg: »Nein, das alles ist mir ein Rätsel.«

Wie in Trance fuhr Romberg zurück in die Villa, lautlos mit dem wieder fahrfähigen, treuen Fiat 500.

Auf dem Flur Richtung Büro kam ihm der Junior entgegen. Er sah angespannt aus und stieß hervor: »Herr Romberg, ich habe eben erst erfahren, was passiert ist. Das ist ja eine grässliche Geschichte! Und es tut mir leid um Wollenberg, ich glaube, Sie konnten gut miteinander.«

Seine Bestürzung schien aufrichtig zu sein, und Romberg berichtete kurz, was er wusste.

»Mein Gott, wie oft fahre ich dort vorbei zum Golfen. Wollte ich heute auch, habe es aber gelassen, weil es plötzlich so schüttete«, sagte der Junior.

Beide standen unschlüssig im Flur, als Iris Putlitz um die Ecke kam und abrupt stehen blieb, als sie Köller und Romberg sah. Sie musterte die beiden, als seien sie Gespenster.

»Herr Wollenberg ist erschossen worden«, rief Köller ihr zu.

Sie wurde schreckensbleich und wankte, fast wäre sie auf den Boden gesunken.

Romberg stapfte zurück in sein Büro und ließ sich dort in seinen Stuhl fallen. Langsam wurden seine Gedanken klarer. Keiner konnte wissen, dass sich Wollenberg spontan sein Auto geliehen hatte.

Romberg richtete sich auf. Ihn durchfuhr es eiskalt: Der Anschlag hat nicht dem armen Wollenberg gegolten, sondern dir!

20. KAPITEL
GRUSSLOS UND EISIG

»Ich habe den Junior oder Dreadnought in Verdacht. Oder beide zusammen«, sagte Gluck.

Keine 24 Stunden nach dem Attentat saß Romberg bei ihm in der Kanzlei. Es gab Mineralwasser, die Lust auf eine Zigarre war dem Anwalt vergangen.

Romberg hatte in der Nacht kaum geschlafen, er hatte versucht, Iris zu erreichen, doch sie hatte nicht zurückgerufen. Nun fuhr er sich unruhig durch die Haare. »Halten Sie das wirklich für möglich?«

Die Krötenaugen blitzten. »Natürlich. Sie stehen im Weg, lieber Christof. Sie könnten noch immer den großen Deal gefährden. Da ist es billiger, einen Auftragsmörder einfliegen zu lassen. Der wahrscheinlich längst wieder im Ausland ist. Für den Junior ist nur ein toter Romberg ein guter Romberg.«

Romberg sträubte sich gegen das, was ihm der Verstand nahelegte. »Gut, man konnte vielleicht wissen, dass ich diesen Schleichweg bisweilen nehme. Aber warum hat der Schütze so passgenau am Wald auf mich beziehungsweise mein Auto gewartet?«

»Die haben Sie vermutlich schon länger im Team observiert und auf eine günstige Gelegenheit gewartet. Und dann hat der eine dem anderen signalisiert, dass der silberfarbene BMW von der Villa Richtung Wald losgefahren ist. Dass aber Wollenberg am Steuer saß, wurde übersehen.«

Romberg schüttelte sich, er kam sich wie in einem Albtraum gefangen vor. »Was raten Sie mir jetzt?«

»Ich empfehle dringend, dass wir Ihre Wohnung in Frankfurt sichern lassen. Einen Leibwächter brauchen Sie auch, ich kann das vermitteln.«

Romberg überlegte kurz, dann nickte er. »In Ordnung, tun Sie das bitte.« Er erhob sich. »Ich muss wieder los, in der Villa hat sich der Hauptkommissar angekündigt.«

Bronski war pünktlich in Rombergs Büro zur Stelle und berichtete über den aktuellen Stand seiner Ermittlungen. »Wir wissen nun, dass es tatsächlich ein G3-Gewehr Marke Heckler & Koch war und dass das Opfer von neun Kugeln in den Kopf und die Brust getroffen wurde. Ein wahrer Overkill. Da wollte einer ganz sichergehen.«

»Und haben Sie neue Spuren?«

Bronski verzog das Gesicht. »Leider nein. Wir haben das Gebiet rund um den Tatort abgesucht, aber nichts gefunden, von den Projektilen abgesehen. Wir stehen immer noch vor einem Rätsel. Wer hatte ein Motiv, Herrn Wollenberg zu erschießen? Der lebte alleine, hatte ein paar Freunde, war ein friedfertiger, solider Mensch. Es gibt nichts Auffälliges. Natürlich werden wir diesen Komplex noch weiter untersuchen. Haben Sie denn einen Verdacht?«

Romberg räusperte sich und hob vorsichtig an: »Sagen wir so, auch ich könnte als Opfer in Betracht kommen.« Er berichtete en detail, wie es zu der fatalen Leihfahrt Wollenbergs gekommen war.

Bronski pfiff durch die Zähne. »Das führt uns zu der Frage: Wer hätte warum auf Sie schießen wollen oder schießen lassen? Ich darf Ihnen sagen, dass wir dieses Thema schon umkreisen. Deshalb wissen wir, dass es zwischen Ihnen und dem Firmenchef Herrn Köller gewisse Spannungen gibt.«

Romberg wählte seine Worte sehr bedacht. »Es gibt erhebliche Meinungsverschiedenheiten zwischen Herrn Köller und mir, was die Zukunft der Köller-Werke betrifft.«

»Und das wird mit harten Bandagen ausgefochten?«

»Sie sagen es. Der Einsatz von Schusswaffen gehörte aber bisher nicht dazu.«

Bronskis Blick wurde lauernd. »Ihr ›Ausfall‹, um es mal so zu nennen, wäre für die Pläne von Herrn Köller und der Dreadnought Capital Group nicht nachteilig, oder?«

Guter Mann, blickt schnell durch, dachte Romberg und erwiderte: »Sicher nicht.«

Bronski holte ein Notizheft aus seinem Jackett und schlug es auf. »Wir haben uns erlaubt, zu überprüfen, wo Herr Köller gestern rund um die Tatzeit war.«

»Und?«

»Darf ich Ihnen eigentlich nicht sagen. Nun denn, Herr Köller schwört Stein und Bein, dass er mit der Sache nichts zu tun hat. Er war gestern hier in seinem Büro und hat dafür Zeugen. So wie Sie.«

»Mich haben Sie auch schon gecheckt?«

»Wir machen unsere Hausaufgaben, lieber Herr Romberg.« Bronski stand auf und meinte im Gehen: »Ich werde Sie auf dem Laufenden halten.«

Die Nacht verbrachte Romberg sicherheitshalber in einem Zimmer in den Brinkmann-Stuben. Morgen, hatte er von Gluck erfahren, würde sich sein Bodyguard bei ihm vorstellen. Aber auch in dieser Nacht fand er keinen Schlaf.

Am nächsten Morgen gegen zehn wurde erneut seine Bürotür aufgerissen. Es war nicht Claudia Deuerlein, sondern der Junior. Grußlos und eisig.

»Dieser Bronski war eben wieder bei mir. Wenn ich ihn recht verstanden habe, verdächtigen Sie mich wegen des Mordanschlags?«

Romberg hob die Hände. »Gemach, gemach. Ich habe nur die Differenzen erwähnt, die wir bezüglich der KoellerCom haben. Und der Kommissar und ich haben die naheliegende Möglichkeit diskutiert, dass ich als Opfer ausersehen gewesen sein könnte.«

Der Junior blieb vor ihm stehen, in ihm arbeitete es. Dann sagte er ruhig: »Das ist doch lächerlich, dass ich einen Killer auf Sie angesetzt haben soll. Wenn ich jemanden aus dem Weg räumen möchte, regle ich das eleganter.«

Romberg zuckte mit den Schultern. »Mag ja sein. Aber irgendjemand hat geschossen, und der meinte mich.«

Der Junior stützte sich auf Rombergs Schreibtisch ab und beugte sich nah zu ihm. »Vergessen Sie bitte nicht, dass auch ich als Opfer infrage komme. Ich fahre das gleiche Auto wie Sie, ich bin auch auf dem Schleichweg unterwegs, und zwar so regelmäßig, dass man die Uhr danach stellen kann.«

21. KAPITEL
IM EISHAUS

Die Villa war zum Eishaus geworden, der arme Wollenberg hatte nicht übertrieben, dachte Romberg.

Er saß im Büro und überflog die »Mainglocke«. Mit dem Mord hatte Froloff endlich mal wieder einen Knüller. Er weidete den Anschlag gründlich aus, hatte aber nichts Neues zu berichten. »Galt der Anschlag einem Köller-Manager?«, lautete die Schlagzeile. Kein Wort brachte Froloff über den Verdacht gegen Köller junior, es war ihm wohl zu heikel.

Wie aufs Stichwort meldete sich Frau Deuerlein. »Herr Köller würde Sie gerne sprechen, er ist schon im Vorzimmer.«

»Bitte schön.«

Der Junior war gelassener als gestern, aber ernst. »Herr Romberg, so geht das nicht weiter mit uns. Seit gestern dürfte unser Verhältnis restlos zerrüttet sein.«

Romberg sagte nichts.

Köller zog ein Papier aus dem Jackett. »Ich mache Ihnen ein Angebot. Sie kündigen von sich aus, ich werde das großzügig honorieren.«

»Wie sähe das im Detail aus?«

»Wir trennen uns wegen unterschiedlicher Auffassungen über die Unternehmensstrategie et cetera blabla. Ich werde vor Dank überquellen für Ihr langjähriges Engagement. Und ich zahle Ihnen drei Jahresgehälter plus eine Prämie. Alles in allem drei Millionen Euro.« Er reichte Romberg das Papier. »Hier ist der Entwurf der Vereinbarung.«

Romberg nahm das Papier entgegen und meinte: »Sie verstehen, dass ich das zumindest eine Nacht lang überschlafen muss.«

»Tun Sie das. Aber vergessen Sie nicht, dass Sie gegen die Lösung mit Dreadnought keine Chance haben. Schließen Sie das Kapitel in Frieden, gehen Sie nach Frankfurt und suchen Sie sich etwas Neues.«

Am Abend suchte Romberg Gluck in dessen Walmdachhaus auf.

Der las die Vereinbarung dreimal und sagte dann: »Ich sehe keine versteckten Risiken. Was wollen Sie tun, lieber Christof?«

»Ich spiele gerade die möglichen Motive des Juniors durch. Es kann sein, dass er mich beseitigen lassen wollte, nun jedoch keinen zweiten Versuch mehr wagt. Also kommt er jetzt mit der milden Tour. Es kann auch sein, dass er nichts mit dem Anschlag zu tun hat, aber endlich freie Bahn für den Deal mit Dreadnought haben will.«

Gluck pflichtete ihm bei. »Sehe ich auch so, obwohl er für mich der Verdächtige Nummer eins bleibt. Allerdings unterliegt der Gute einem Trugschluss, wenn er glaubt, mit der Abschiebung nach Frankfurt sei er Sie los. Von außen her können Sie viel freier agieren. Denken Sie nur an unseren Verschönerungsverein und die Sache mit dem Quecksilber.«

»Richtig. Deshalb werde ich das Angebot annehmen. Ich werde gehen, um wiederzukommen.«

22. KAPITEL

FUNNY OLD COW

Den letzten Arbeitstag durchlief er in gemischter Stimmung. Würden die Leute verstehen, was er tat? Schnell hatte sich herumgesprochen, dass er die KoellerCom verlassen würde. Im Büro trocknete Claudia Deuerlein ihre Tränen. Schlimm, die Abschiedstour durch das Werk. Er sprach mit den Abteilungsleitern, mit den Ingenieuren, den Meistern und Facharbeitern. Anschließend ging er auf einen letzten Kaffee in die Kantine.

Neben dem Eingang musterte er das Schwarze Brett, an dem ein großer Zettel hing. »Willkommen in der neuen Zeit. Was ist schon Geld? Wir haben ja uns.« Er musste schmunzeln, das war Hemmerles Handschrift.

Er setzte sich mit dem Pappbecher Kaffee an einen der grauen Resopaltische und nickte kurz den zwei Consultants von McKlusky zu. Sie sprachen sogar privat Englisch miteinander, obwohl sie Deutsche waren. Wie affig, dachte Romberg.

Beide standen an einem Fenster und beobachteten Luzie, die gerade schwarze Erde in einem Beet am Kastanienhain umgrub, Romberg sah sie von seinem Platz aus ebenfalls. Wie eine hurtige Elfe schwang sie die Hacke, die Erdbröckchen spritzten auseinander. Jetzt hüpfte sie zum nächsten Beet und umtrippelte eine Pflanze. Luzie würde ihm fehlen mitsamt ihrem pinkfarbenen Gewand, das gnädig wallend die vielen Rundungen kaschierte.

Einer der beiden lachte. »What a funny old cow.«

Romberg verspürte Lust, ihm eine zu langen, aber er hatte Dringlicheres zu tun. Er verließ die Kantine und suchte draußen im Park Luzie auf.

Diesmal war keine Fröhlichkeit in ihren Augen, sie blickte ihn prüfend an und stemmte beide Hände in die Hüften. Wie immer, wenn sie aufgeregt war, verfiel sie ins Hessische. »Ei, Herr Rombersch, isch glaabs net. Sie mache sisch vom Agger unn mir hier kriehe die flieschend Hitz.«

»Meine liebe Luzie, ich bin ja nicht aus der Welt. Das letzte Wort in dieser Sache ist noch nicht gesprochen.«

Luzie wurde immer wütender, alle Rundungen zitterten, sie rammte ihre Hacke mit dem Stiel nach unten in den Boden. »Sie sinn doch so en Macher unn Kümmerer. Also kümmern Se sisch um die Leut. Lasse Se sisch was eifalle.«

Romberg schlich zurück in die Villa.

Dort wartete Hemmerle in dessen Dienstzimmer auf ihn und murmelte, während er seine IG-Metall-Fahne richtete: »Ich hoffe, Sie bleiben uns irgendwie erhalten? So mancher parkt ja jetzt seinen Arsch am warmen Ofen.«

Romberg besänftigte ihn. »Keine Sorge, Sie hören bald von mir. Aber das sollte unter uns bleiben. Und Sie? Ich habe mitbekommen, dass Sie eine Art Unterstützungsfonds für ehemalige Köllerianer gegründet haben?«

»Den haben wir uns im ›Uhrtürmchen‹ einfallen lassen. Wollen den Kollegen helfen, die bald auf der Straße sitzen. Das bisschen Zehrgeld, was ihnen ein Herr Köller mitgibt, wird nicht lange reichen.«

Romberg zog einen Scheck aus der Tasche. »Hier sind 50.000 für den Fonds. Ich selbst bin ja gut versorgt.«

»Das ist mittlerweile bekannt.« Hemmerle ließ den Scheck per Rollgriff in seinem Jackett verschwinden.

Nach dem Villier-Kater hatte Schaffenfels nun den Romberg-Blues. »Der Lotse geht von Bord«, schrieb Froloff in der »Mainglocke«.

Das tat gut. Auch der Anruf vom Bürgermeister. Wuttke klagte: »Romberg, was soll nur werden ohne Sie? Das wird ein Desaster für meine Stadt. Meinen Sie, ich sollte diese Frau Putlitz mal zum Essen einladen?«

»Versuchen Sie es – falls sie Ihnen einen Termin gibt.« Den Bürgermeister würde er erst später einweihen, denn Wuttke neigte zur Schwatzhaftigkeit.

In der Villa räumte er sein Büro. Darunter die gerahmten Bilder, die ihn zusammen mit dem Alten bei der Einweihung der neuen Halle A und bei Airbus in Toulouse zeigten. Und die Promotionsurkunde von der RWTH Aachen, lange war es her.

In einem Gemisch aus Wehmut und Vergnügen verstaute er seine Habseligkeiten in der Knutschkugel. Wenn es das Schicksal gut mit ihm meinte, würde er bald wieder in das angestammte Büro einziehen. Wenn.

23. KAPITEL
EINE STADT SÄUFT AB

Romberg blickte auf die Putlitz, die auf dem Sofa ihm gegenüber lag. Sie dehnte langsam ihre Beine, zeigte ihre zarten Flanken und einen seidig glänzenden Bauch. Sie hatte die Lider halb geschlossen, träge streifte ihn ein grüner Blick.

Gut so, man verstand sich auch ohne viele Worte. Romberg musterte die frischen Kratzspuren auf seinem linken Handrücken. Er lächelte, wild war sie gewesen, die letzte Nacht.

Er hatte es sich in der Sitzecke seines Wohnzimmers gemütlich gemacht und ließ die Gedanken kreisen, wie so oft in den zwei Wochen seit seinem Weggang aus Schaffenfels. Seine fünf Zimmer in der Beletage der Wohnung in der Frankfurter Eysseneckstraße waren nun wohlarmiert, abgesichert durch verstärkte Türrahmen und Schlösser. Nicht zu vergessen der Bodyguard, der sich bei ihm eingenistet hatte. Ein netter Kerl, auch wenn es nervig war, dass er ihn bei seinen Gängen durch Frankfurt auf Schritt und Tritt begleitete.

Von der Polizei gab es nichts Neues. Ein zunehmend missgelaunter Hauptkommissar Bronski hatte ihn gestern auf den neuesten Stand gebracht. »Es bleibt ein Rätsel, aber wir geben nicht auf. Wir konzentrieren uns darauf, dass jemand es entweder auf Sie oder Herrn Köller abgesehen hatte.«

Rombergs Telefon vibrierte. Es war Hemmerle, der vor Empörung schnaufte. »Jetzt ist es amtlich – weitere 300 Kollegen müssen gehen. Wir hatten alles angeboten. 50 Wochenstunden, dazu zehn Prozent weniger Lohn, doch das war der Hexe immer noch zu wenig.«

Romberg versuchte ihn zu beruhigen. »Bewahren Sie einen kühlen Kopf. Die Entlassungen haben auch ihr Gutes, denn vielleicht wacht dann ganz Schaffenfels endlich auf. Wir treffen uns nächste Woche. Herr Gluck und ich haben eine Idee.« Unversehens dachte Romberg an sein Hausgenie, an Dipl. Ing. Eisele. »Haben Sie etwas von Eisele gehört? Nach seinem Rauswurf ist der einfach abgetaucht.«

Hemmerle antwortete zögernd: »Das ist eine böse Geschichte. Er hat sich mehrfach woanders beworben, aber niemand stellte ihn ein. Er gilt trotz seiner Fähigkeiten als zu schwierig. Und nun trinkt er.«

Romberg schwieg bedrückt, während sich Hemmerle verabschiedete.

Um Eisele würde er sich kümmern müssen. Er verließ mitsamt Bodyguard die Wohnung, die Putlitz würde es kurz auch ohne ihn aushalten. Er lief von der Eysseneckstraße durch den Holzhausenpark Richtung City, ihm war nach etwas Bewegung. Er war nicht in Form, bald japste er nach Luft. Die verdammten Zigaretten! Wo war die Selbstoptimierung? Romberg nahm sich vor, ab dem nächsten Monatsersten auf einen Schlag mit dem Rauchen aufzuhören. Oder sollte er es besser schrittweise probieren?

An seinem Wasserhäuschen im Oeder Weg kaufte er sich eine FAZ. Dabei fiel ihm die Schlagzeile von BUMS auf: »Eine Stadt säuft ab.« Sieh an, nun brachten auch die etwas über Schaffenfels und die KoellerCom. Romberg ließ sich die BUMS dezent in die FAZ einwickeln. Im Café Wacker in der Berger Straße suchte er sich einen Platz tief in der Ecke und entrollte das krawallige Blatt. Er las und las, es wurde immer wüster und er wurde immer wütender. Bei Gott, er würde diesen Kampf auskämpfen bis zur allerletzten Chance.

Sogar die Tagesthemen entdeckten das schleichende Drama um die Köller-Werke, der Beitrag lief einen Tag später unter dem Titel »Zum Beispiel Schaffenfels«. Je 20 Sekunden für einen ratlosen Bürgermeister Wuttke und einen zornigen Hemmerle. Schnitt. 30 Sekunden für Köller junior. Alle Achtung, wie er den Schmerzensmann optimierte. Mit offenem Mund verfolgte Romberg, wie der Junior gramgebeugt dem Standort die letzte Ölung verabreichte. »Es tut weh, aber die Umstrukturierung ist unumgänglich. Was früher verschlafen wurde, muss ich jetzt bereinigen.«

Romberg geriet außer Fassung. Dieses Arschloch! Er warf mit der Fernbedienung nach Köller, traf aber nur die Putlitz.

»'tschuldigung, mein Kleines!« Erschrocken nahm Romberg das zitternde Bündel in die Arme und streichelte es.

Gluck hatte ihm das Kätzchen vor vier Tagen zugeführt. »Ich dachte mir, das könnte Ihnen guttun. Ich habe das kleine Wesen am Bismarck-Denkmal aufgelesen.«

Die Katze war keine drei Monate alt und hatte sofort Rombergs Herz erobert. Sie war schlank, grau gesprenkelt und hatte einen schneeweißen Bauch. Ihr Fell duftete, und ihre Augen changierten von Lindgrün bis zu Brombeerschwarz, wenn sie wütend war. Sie war nie zu durchschauen, war manchmal zärtlich und dann wieder fauchend. Ein rätselhaftes Geschöpf, voller Launen und ichbezogen. Aber nachts sprang sie aufs Bett und schlief an seiner Seite. Deshalb hatte er sie »Putlitz« getauft.

24. KAPITEL
GEGENOFFENSIVE

Romberg schaltete den Fernsehapparat aus und schlich ins Schlafzimmer. Als er bereits wegdämmerte, kam die kleine Putlitz. Sie knabberte zart an seinem linken großen Zeh, schlich sich neben sein Gesicht und legte sich hin. Sie nieste kurz, dann schnurrte sie. Vergebens hoffte er, dass sie ihm die Nasenspitze küsste. Aber das gab es nur selten als Belohnung, wenn er sich besonders gut benommen hatte. Er spürte ihren schnellen Herzschlag, der bald ruhiger wurde. Ganz so schlecht war das Leben doch nicht, auch wenn ihm die große Putlitz fehlte.

Sie war für ein paar Tage bei einem anderen Mandanten in Übersee und nicht greifbar. Das hatte sie ihm per SMS mitgeteilt. Seitdem war kein Lebenszeichen mehr gekommen. Seltsam war das schon, aber Romberg wollte den Gedanken nicht vertiefen.

Luzie kam ihm in den Sinn. »Lasse Se sisch was eifalle.« Die Zeit drängte, sie mussten nun in Aktion treten.

Am nächsten Morgen war es Gluck, der die Initiative ergriff und anrief. »Sie sind da.«

»Wer, mein lieber Paul?«

»Die Herren von Dreadnought. Seit gestern tagt eine

Abordnung von denen mit dem Junior in der Villa. Hat mir Hemmerle eben mitgeteilt.«

»Die verlieren wirklich keine Zeit.«

Glucks Stimme wurde drängend. »Wir können dem Treiben bei Köller nicht länger zuschauen. Die Einladungsliste haben Sie hoffentlich fertig?«

»Ja. Ich dachte für den Verschönerungsverein an Hemmerle, Wuttke, Froloff und Madame Lumpi. Ich konnte alle vier für das Projekt interessieren.«

»Prima. Hemmerle geht mit gutem Beispiel voran, er hat schon den ersten Widerstand organisiert. Auf dem St.-Helena-Platz gab es gestern eine machtvolle Kundgebung. Und heute früh hat er überall auf den Zufahrtsstraßen Kreuze aus schwarzem Blech aufstellen lassen. Schaffenfels beginnt sich zu wehren.«

»Wo und wann soll sich der Verschönerungsverein treffen?«

»Morgen um 20 Uhr in den Brinkmann-Stuben, im Salon Hindenburg. Ich sage allen gleich Bescheid.«

Romberg fühlte Eisen in den Knochen, der Gegenangriff konnte beginnen.

25. KAPITEL
LÖSCHANGRIFF NASS

Am nächsten Tag fuhr er schon mittags los, er konnte es kaum erwarten, nach Schaffenfels zu kommen. Ein herrlicher Frühlingstag. Wie früher nahm er die A 66 Richtung Osten, in die Steppe. Kurz hinter Offenbach kam die Autobahnausfahrt, noch zwölf Kilometer auf der Bundesstraße nach Schaffenfels.

Das Städtchen tauchte aus dem Dunst auf. Die letzten Bauernhöfe am Ortssaum, dann die zwei Tankstellen, der Baumarkt, Aldi und Lidl mit ihren trostlosen Kästen. Und die Kreuze aus Blech. Alle 50 Meter standen sie mannshoch links und rechts der Fahrbahn aufgereiht, silbrig glänzend und mit der schwarzen Inschrift »Köller – es reicht!«

Romberg parkte den BMW im Rupertigässchen nahe am St.-Helena-Platz. Er ließ den Blick über den Platz wandern, das Herz der Stadt mit der neugotischen St.-Helena-Kirche und dem Rathaus. Er musterte den runden Brunnen in der Mitte mit der Nymphenplastik, die vertrockneten Blumenbeete, das teure Bodenmosaik und die Platanen, die der Verschönerungsverein gepflanzt hatte. Das war so liebenswert, so gut gemeint – aber sie kriegten es einfach nicht hin, dem Ort ein richtiges Zentrum zu geben. Er erinnerte sich, was Gluck ihm erzählt hatte.

Als im März 1944 einige US-Bomber ihr Primärziel in Frankfurt nicht fanden und dafür ihre Last über Schaffenfels abgeladen und die Ortsmitte ausradiert hatten. Auch damals war das Städtchen nur zweite Wahl gewesen.

Wenige Leute waren unterwegs. Am Brunnen, der kein Wasser führte, lungerten ein paar junge Kapuzentypen mit ihren schmutzigen Hunden herum. An der Trinkhalle »Cassella-Eck« stand ein dichter Pulk der Älteren, die Flaschen kreisten. Eine Frau stocherte im Container daneben nach Pfandflaschen. Sie machte es professionell, mit einer Taschenlampe und einem umgebogenen Kleiderhaken.

Bei der Sparkasse schräg gegenüber der St.-Helena-Kirche rüsteten gerade Maurer das zerstörte Eingangsportal ein. Sogar die Hessenschau hatte über den arbeitslosen Köllerianer berichtet, der vor zwei Tagen mit einem gestohlenen Werks-Lkw absichtlich die Fassade gerammt hatte – nachdem ihm die Bank sein Häuschen wegnehmen wollte. Das hat sie nun davon, dachte Romberg grimmig.

Er ging durch die postmodernen Kolonnaden auf der Westseite des Platzes. Bürgermeister Wuttke hatte sie in den 1990ern in einem seiner imperialen Anfälle durchgesetzt. Etwas Urbanes hatte er schaffen wollen, ein edles Ambiente à la Galleria Vittorio Emanuele. Doch Schaffenfels war nicht Mailand. In dem lang gestreckten Laubengang gähnten leere Schaufensterhöhlen. Nur eine Dönerei, ein Handyshop und ein Friseur – »sechs Euro ohne Waschen« – hielten noch durch. Die Meyersche Buchhandlung verkaufte jetzt auch Kaffee und Unterhosen im günstigen Doppelpack. Zwei fliegende Händler priesen billige Töpfe und Pfannen an. Die Osteria da Franco war verschwunden und hatte der Schuldnerberatung »Der Gute Engel« Platz gemacht.

Im Rupertigässchen warteten ein Internet-Café, ein Spielsalon mit Daddelautomaten und ein Laden für Secondhand-Möbel auf Kunden. Dazu eine Lotto-Annahmestelle, ein »Institut für Glücksvitamine« und »Uschis Wellness-Oase«, wie ein unbeholfenes Pappschild verhieß. Gluck hatte ihm berichtet, wie sich einige der entlassenen Köllerianer selbständig gemacht hatten mit diesen Läden. »Es sind liebe, tüchtige Leute, aber Unternehmer, das können sie nicht. Sie brauchen so etwas wie die Köller-Werke, sonst schneidet man ihnen die Nabelschnur ab.«

Romberg blieb stehen. Noch bewahrte die Stadt eine gewisse Würde, doch die Wohlstandsfassade bröckelte. Überall eine triste Orgie der »Preisknaller« und »Schnäppchen«. Ein Schleier der Schäbigkeit legte sich langsam über Schaffenfels. Der Niedergang hatte sich schon länger angekündigt, doch Köller junior würde der Stadt den Rest geben.

Er kehrte auf einen Kaffee in den Brinkmann-Stuben auf der Ostseite des St.-Helena-Platzes ein. Dort wollte er sich auch ein Zimmer nehmen.

Direkt neben dem gediegenen Hotel mit seiner feinen Küche stand eine Schlange vor einer Art Campingwagen mit Verkaufstheke und dem Schild »Schlemmertreff« – es gab Reibekuchen für zwei Euro.

Romberg betrat das leere Restaurant. Plüschige Stille. Aus einer Ecke kam der alte Oberkellner geeilt, im tadellosen Habit wie früher, und begrüßte ihn. »Der Herr Romberg, welche Freude, Sie zu sehen!«

»Ich freue mich auch. Wie geht's denn so?«

»Gegen den Reibekuchen haben wir wenig Chancen. Wir mussten die Menükarte verschlanken. Mehr kleine Sachen zum kleinen Preis. Wenn das hier so weitergeht, können wir bald eine Suppenküche aufmachen.«

Romberg saß vor seinem Kaffee und spielte mit dem Spitzendeckchen auf dem Tisch. Er dachte an das Werk, keine zwei Kilometer von hier entfernt. Ob Luzie vor der Köllervilla gerade neue Pflanzen setzte? Spontan rief er Redakteur Froloff an und fragte, ob er kurz Zeit für ihn habe. Froloff hatte.

Seine Redaktion residierte gegenüber dem »Uhrtürmchen« in einem schiefen Fachwerkhaus. Froloff war am Ort die veröffentlichte Meinung, als Leiter der Lokalredaktion für die vier Seiten »Schaffenfelser Mainglocke« im Mantel der Mutterzeitung in der Kreisstadt. Das Monopolblatt. Romberg staunte immer wieder, wie Froloff mit seiner kleinen Truppe die vier Seiten füllte, und dies sechsmal die Woche. Nicht zu vergessen die Online-Ausgabe.

Romberg stieg die enge Wendeltreppe zu Froloffs Reich im ersten Stock hoch.

Froloff, den Romberg auf Mitte 40 schätzte, begrüßte ihn mit einer lässigen Handbewegung von seinem Schreibtisch neben dem Kanonenofen aus. »Hätte nicht gedacht, dass Sie mal wieder hier auftauchen.«

Am breiten Bildschirm vor ihm flimmerte in Umrissen die Ausgabe von morgen, mit Texten, Fotos und einigen weißen Flecken. Romberg durfte neben ihm Platz nehmen und zuschauen.

Romberg wusste, dass Froloff an einer tiefen Kränkung trug. Er konnte glänzend schreiben, hatte sich in jungen Jahren Hoffnung auf einen Job als Edelfeder bei einem der großen Blätter gemacht. Doch es war nichts geworden mit dem Auftritt im Rosengarten des Weißen Hauses. Stattdessen begleitete er den Sängerbund 1861 durch alle Höhen und Tiefen, war Experte für Pfarrgemeinderäte und Rammlerschauen. Außerdem war er in der Findungskommission für die Erdbeerkönigin. Ab und zu war er mit einer großen Reportage im Kopfblatt vertreten, und alle drei Jahre durfte er den Ministerpräsidenten bei der Kreisbereisung interviewen. Er hatte sich damit abgefunden und leitete dafür den privaten Literaturzirkel »Schreiblust«, wie er Romberg einmal bei einem späten Bier im »Uhrtürmchen« verraten hatte. Leider hatte er an jenem Abend auch angefangen zu rezitieren. Froloffs Ode wider den Tod – »Weiche, Knabe im weißen Hemd« – war Romberg noch schmerzhaft in Erinnerung.

Froloff zeigte auf den Bildschirm rechts oben. »Unser morgiger Aufmacher ist der neue Schaffenfelser Schützenkönig, stolz und mit einer Ordensbrust, die mehr Lametta trägt als ein russischer Armeebefehlshaber. Jetzt darf der um den Bundesschützenkönig schießen. Da sage noch einer, Schaffenfels habe keine Zukunft.« Froloff deutete auf die linke Spalte. »Und hier haben wir die eigentlichen Meganews – unsere Freiwillige Feuerwehr hat den ersten Platz im Kreiswettbewerb gewonnen.«

»Bei was?«

»In der Disziplin ›Löschangriff nass‹. Wenn das kein Hammer ist! Mein Gott, was tue ich hier eigentlich?« Mit einem Anflug von Bitterkeit drehte Froloff den Bildschirm zur Seite. Er griff zu einem Stapel Ausdrucke neben seinem Rechner. »Auch bei uns wird gespart. Ich mache das hier nur noch mit Volontären und ein paar Freien. Zu lächerlichen Honoraren.« Er zerrte ein Blatt aus dem Stapel. »Der Bericht über den jüngsten Unfall auf der Umgehungsstraße. Da schreibt mein geschätzter Mitarbeiter, ›der Motorradfahrer flog zehn Meter durch die Luft, ehe er am Fundort seiner Leiche ankam.‹«

Romberg lachte. »Na, die Fakten stimmen doch.«

Froloff grinste schief und beäugte seinen Stapel. »Sie wissen ja nicht, dass in Schaffenfels immer der Bär los ist. Hier zum Beispiel …« Und der Redakteur zitierte aus weiteren Berichten. Die Redaktion war plötzlich erfüllt vom Schönen und Guten in Schaffenfels. Da kamen die Hundefreunde mit ihren »fidelen Vierbeinern« zusammen, beim Jahrestreffen der Schützengilde 1912 »blieb kein Tanzbein ungeschoren«, die Säle waren bei allen Festen immer »brechend voll« und »für das leibliche Wohl wurde rundum gesorgt.«

Froloff stöhnte: »So sieht also Spitzenjournalismus aus. Meine Vereine, mein Schicksal. Alle wollen aufs Foto, und wehe, ein Name wird falsch geschrieben. Im Winter ist es noch schlimmer, wenn die fünfte Jahreszeit beginnt. Der organisierte Fassenachter kann ja sehr humorlos werden.«

Froloff knüllte die Blätter zusammen und warf den Motorradfahrer und die geschorenen Tanzbeine in den riesigen Papierkorb neben seinem Rechner.

»Diese verdammte Konsenssoße, diese tägliche Fahrt durchs Seichtgebiet – manchmal ertrage ich dieses Nest nicht mehr.«

»Aber, aber – das Städtchen hat doch auch seine guten Seiten.«

»Meinen Sie die lieben Nachbarn? Die bei mir samstags über den Gartenzaun gucken und fragen, was es zu essen gibt? Oder die in ihren Einfahrten hocken und die Autofelgen mit der Zahnbürste säubern?«

»Ach, solche gibt's in Frankfurt auch.«

Froloff stierte kurz auf seinen Schützenkönig, dann lächelte er. »Wenigstens sind Sie wieder da. Ich setze einige Hoffnung in Sie.« Der Redakteur lehnte sich zurück und schaute versonnen den Kanonenofen an. »Wenn wir es dem Großkapital doch mal so richtig zeigen könnten, in einer Art ›Löschangriff nass‹! Schön wäre das.«

Romberg sinnierte mit, hatte das heimatschwere Gefühl. Er war wieder zu Hause in diesem kleinen Kosmos, mit dem unbeugsamen Gluck, dem melancholischen Froloff, mit Wuttke, wie er eben war, dem treuen Hemmerle und allen Köllerianern. Nebst ihren Brieftauben und Posaunenchören, den Fanfarenzügen und dem Erdbeerfest.

Froloff wandte sich erneut seinem Rechner zu. »Ich bin ein bisschen unter Druck, muss noch einen Kommentar zum jüngsten Putsch bei den Vorstandswahlen der Dackelfreunde 1913 e. V. schreiben. Haben Sie denn ein paar Ideen für uns aus Frankfurt mitgebracht?«

Romberg hielt sich bedeckt. »Mir schwebt da etwas vor. Aber das sollten wir heute Abend in der großen Runde diskutieren.« Er wandte sich zum Gehen. »Nehmen Sie die Dackelfreunde mal hart ran. Und denken Sie nicht zu schlecht über die Schaffenfelser.«

Froloff nickte versöhnlich. »Ich bin ja aus Versehen hier gestrandet. Oft denke ich, das Kleinteilige hier erdrosselt mich. Aber die Schaffenfelser sind mir ans Herz gewachsen, so wie sie sind. Das Nest ist meine Heimat geworden.«

»Es ist auch mein Nest.«

26. KAPITEL

DER KETTENHUND

Der Salon Hindenburg lag tief im hinteren Trakt der Brinkmann-Stuben. Dunkelrote Samtvorhänge mit goldfarbenen Troddeln, ein mächtiger Eichenholztisch, schwere Sessel, auf dem Büffet eine steingraue Büste des Reichspräsidenten, der 1930 nach einem Besuch der Köller-Werke bei Brinkmann übernachtet hatte.

Seitdem hatte sich hier nicht viel verändert, dachte Romberg, als er um Viertel vor acht den Salon betrat. Er war zu früh, doch kurz darauf kam Hemmerle herein, wie immer schwitzend.

Er strahlte und schüttelte Romberg die Hände, bis es wehtat. »Ich habe gewusst, dass Sie wiederkommen. Wie fanden Sie die Kreuze?«

»Nicht zu übersehen, eine klasse Idee!«

Hemmerle geriet in Fahrt. »Das ist erst der Anfang. Am Haupttor der KoellerCom bauen wir ein kleines Hüttendorf für entlassene Köllerianer, dazu eine hölzerne Volkskirche und ein Pressezelt.«

Romberg nickte, das passte genau in seine Pläne.

Froloff und Wuttke erschienen. Punkt 20 Uhr betrat Gluck den Salon und nahm Platz. Er musterte verächtlich die Rauchverbotsplakette neben der Hindenburg-Büste und zündete sich einen Zigarillo an. Der Oberkellner nahm die Getränkebestellungen auf und brachte Gluck kommentarlos einen Aschenbescher, während alle erwartungsvoll schwiegen.

Eine Viertelstunde später rauschte Madame Lumpi herein, ganz in Weiß. Ihre Porzellanwangen leuchteten zartrosa, als sie sich elegant auf einen Stuhl an der Stirnseite des Eichentischs schwang und ihre schimmernden Beine übereinanderschlug. »Ich bin da, wir können also anfangen, Messieurs.«

Gluck räusperte sich. »Madame, wir sind entzückt. Und nun begrüße ich sehr herzlich einen Heimkehrer, unseren Herrn Romberg. Nach seiner Auszeit ist er wieder da, wo er hingehört, nämlich bei uns.«

Die Runde klatschte, während der Kellner die Getränke servierte. Dann verließ er den Raum.

Gluck warf noch einen prüfenden Blick in den Flur, ehe er die Tür schloss. Leise sagte er, während er mit dem Zigarillo in die Luft stach: »Es ist mittlerweile klar, was der Junior und seine böse Fee, diese Putlitz, mit den Köller-Werken vorhaben. Es droht der große Ausverkauf an Dreadnought. Und das wollen wir gemeinsam verhindern.« Er wandte sich dem Betriebsrat zu. »Unser lieber Herr Hemmerle hat schon einige Zeichen gesetzt. Hätten Sie bitte die Güte, uns mit weiteren Details zu versorgen?«

Hemmerle glühte vor Kampfeslust, sein Kastenjackett konnte ihn kaum bändigen. »Ich habe rund 300 Kollegen vom harten Kern in der Hinterhand. Die brennen darauf, in den wilden Streik zu treten.«

Bürgermeister Wuttke runzelte die Stirn.

Gluck meinte: »Als Organ der Rechtspflege kann ich das eigentlich nicht billigen. Aber was soll man machen, wenn sich der verzweifelte Volkszorn ein Ventil sucht?« Sein vor Arglosigkeit triefender Blick streifte Romberg.

Der grinste. Er war ebenfalls bereit, die Brücken hinter sich zu verbrennen.

Hemmerle fuhr fort: »Und wie ich vorhin schon Herrn Romberg sagte, wollen wir am Haupttor der KoellerCom ein Protest-Hüttendorf errichten. Dort ziehen einige von den Streikenden und den arbeitslosen Köllerianern ein. Es gibt Kochstellen, dazu eine Wickelstube für die Babys. Zum Hüttendorf gehört auch eine kleine Volkskirche – das alles gibt süffige Bilder für die Medien. Und jeden Morgen müssen der Herr Köller und seine Hexe da vorbei, wenn sie ins Werk wollen. Wir machen denen so richtig Feuer unter dem A… äh … Wir machen Druck ohne Ende.« Zum Schluss schoss seine linke Faust aus dem Ärmel. »Auf dem St.-Helena-Platz sind wir jeden Dienstag mit einer Demonstration präsent. Und nicht zu vergessen die Mahnwachen am St.-Helena-Brunnen. Wenn es sein muss, kette ich mich dort selbst an.«

Madame Lumpi hatte mit gekräuselten Lippen gelauscht, doch nun waren die unergründlichen Augen voller Respekt. Beeindruckt klopften alle aufs Eichenholz. Durch den Salon Hindenburg wehte der Geist des Widerstands. Gluck dankte Hemmerle und erteilte Froloff das Wort.

Der warf seine Mähne nach hinten und versicherte: »Die ›Mainglocke‹ wird machtvoll zur Stelle sein. Aber ehrlich gesagt sind Mittel und Reichweite meiner geschätzten Zeitung begrenzt. Wir sollten auch den Kettenhund loslassen.«

»Wen?«, fragten Gluck und Romberg unisono.

»BUMS. Die Leitkuh am Boulevard. Erreicht immer noch Millionen Leser, auch wenn die Auflage bröckelt. Wir brauchen Breite und Wucht. Wir haben alle Zutaten für eine Kampagne, wie BUMS sie liebt – Klein gegen Groß, habgierige Heuschrecken, Deutsches in Gefahr. Ich habe kürzlich mit einigen Kollegen aus deren Frankfurter Redaktion gesprochen. Die würden rund um die Uhr ein Team auf den Junior und die Putlitz ansetzen. Die filzen sogar deren Mülleimer, die wühlen und nerven. Das machen die gerne, wenn ein Promi erlegt werden soll.«

Gluck überlegte. »Hm, hm. Eigentlich gehöre ich zu den vielen Millionen in Deutschland, die BUMS *nicht* lesen. Aber als Churchill in Not war, hatte er auch nichts gegen Stalin. Also reden Sie mit denen.«

Froloff strahlte. »Die warten schon auf meinen Anruf. Vorsorglich hat sich BUMS bereits um die Putlitz gekümmert und sie ein bisschen anrecherchiert. Die Dame kleidet sich gerne bei Hermès auf der Königsallee in Düsseldorf ein. Zuletzt kaufte sie dort ein Paar Stiefeletten für 2.000 Euro. Ich sehe schon die Schlagzeile vor mir: ›2.000 Euro für ein Paar Heuschreckenfüße!‹«

Alle lachten, außer Madame Lumpi. Romberg blickte kurz unter den Tisch und verstand, warum.

Iris hatte sich noch immer nicht gemeldet, es war merkwürdig.

Gluck sog am Zigarillo und wedelte eine Rauchschwade galant weg von Madame Lumpi hin zu Hindenburg. Er blickte sie fragend an. »Und wie könnten Sie uns behilflich sein, gnädige Frau?«

Sie lächelte. »Am Brunnen kann ich mich schlecht anketten.«

»Doch, doch!«, hieß es rund um den Tisch.

»Aber ich bin bereit, etwas in die Kampagne zu investieren. Das Belrose läuft ja ganz gut. Noch.«

Gluck dankte. »Das hören wir gerne. Und wie sieht es mit der Stadt aus, lieber Herr Bürgermeister?«

Wuttke blickte erschrocken auf, als hätte ihm der Anwalt ein Heftchen mit schmutzigen Fotos angeboten. »Äh, nun, das wird schwierig.«

Gluck erwiderte gnädig: »Verehrtester, uns wird schon noch etwas einfallen, um Sie einzubinden.«

Romberg hatte mit steigender Ungeduld zugehört. Nun ergriff er das Wort. »Was uns bisher fehlt, ist eine stringente Strategie. Wir müssen überlegen: Was haben wir, was wollen wir erreichen und mit welchen Mitteln? Dreadnought hat viel Geld, aber wenig Geduld. Da setzen wir an. Wir müssen angesichts der Verkaufsverhandlungen Sand ins Getriebe schütten, wir müssen dafür sorgen, dass Dreadnought die Lust an diesem Projekt vergeht. Wir können dem Junior das Geschäft verleiden. Wenn der Aktienkurs der KoellerCom nachhaltig sinkt, wird er in eine schlechte Verhandlungsposition geraten. Dann habe ich vielleicht doch noch die Chance, die Firma selbst zu übernehmen. Das ist ja in Ihrem Sinne.«

Alle nickten zustimmend.

Romberg hob die Stimme. »Hüttendorf und Volkskirche sind eine nette Idee. Aber das wird uns etwas kosten, noch mehr der Streik. BUMS wird uns helfen und die Demonstrationen auch. Aber das alles reicht nicht.«

Ernüchterte Stille.

Nach einer Weile sagte Gluck: »Darüber habe ich auch schon nachgedacht. Wie ich Sie kenne, lieber Christof, haben Sie ein paar Ideen?«

Romberg nickte. »Wir revitalisieren den Verschönerungsverein 1947 e. V.«

Gluck ergänzte: »Das Ziel des Vereins ist satzungsgemäß die Hebung der Lebensqualität in Schaffenfels. Ich denke, die Rettung der Firma ist ein schöner Beitrag dazu. Und dann wäre da noch die Sache mit dem Quecksilber.«

27. KAPITEL
DIE KRIEGSKASSE

Ratlose Mienen im Salon Hindenburg.

Romberg fragte: »Haben Sie letzthin nicht gelesen, was unser lieber Herr Froloff über den neuerlichen Quecksilberfund im Main geschrieben hat?«

Froloff schaltete als Erster. »Denken Sie etwa an die Lützelbachaffäre von 2001?«

»Genau. Damals hat eine Bürgerinitiative namens ›Lützelbachschnüffler‹ mächtig Staub aufgewirbelt wegen einer angeblichen Verseuchung des Lützelbachs mit Quecksilber. Das Ganze soll in den Main gelangt sein. Als Verursacher waren die Köller-Werke, die an den Lützelbach grenzen, unter Verdacht geraten. Das war viel Lärm um nichts, der Verdacht wurde nie bestätigt. Köller senior war in Sachen Umweltschutz immer sehr penibel.«

Gluck sagte: »Ich habe dem Senior damals aus der Schusslinie geholfen. Der wahre Verursacher wurde nie gefunden.« Im Krötengesicht weiteten sich die Augen. »Wenn ich das recht bedenke, befällt mich aber nun gemeinsam mit Ihnen, lieber Christof, eine große Sorge. Ein alter Kessel zur Wasseraufbereitung irgendwo auf dem Werksgelände könnte vor sich hin rosten und plötzlich Quecksilber abgeben. Oder die giftige Fracht hat sich bereits auf dem Firmengelände angesammelt und ist nun frei geworden.«

Romberg erwiderte treuherzig: »Diese Sorge raubt auch mir den Schlaf. Wir stehen doch in der Verantwortung für die nachfolgenden Generationen!«

Gluck gab sich immer besorgter. »Und wenn ganz aktuelle Messungen ergeben, dass der Lützelbach erneut Quecksilber führt, dazu ein paar andere Schwermetalle wie Blei, Cadmium und all die schönen Sachen? Die Schwermetalle wurden früher gerne in der Metallveredelung verwendet. Wir sollten jedenfalls einen Experten Proben entnehmen lassen.«

Der Kellner kam herein, und Gluck bat ihn mit einer Handbewegung: »Eine Runde Champagner für alle, vom besten.« Er rieb sich die Hände. »Madame et Messieurs – ich kenne ein renommiertes Institut aus Freiburg. Die sagen, heute könne man selbst geringste Spuren dokumentieren. Für die moderne Analytik ist es kein Problem, einen Würfel Zucker im Bodensee nachzuweisen. Muss ja nicht Quecksilber sein – Hauptsache irgendetwas, das bedrohlich klingt. Das wird in diesem verdammten Bach doch wohl zu finden sein.«

Wuttke blickte noch nicht durch und fragte: »Und dann?«

»Dann schlägt der Verschönerungsverein Alarm. Und danach werden Sie, mein lieber Herr Bürgermeister, auf den Plan gerufen. Die Behörden geraten in Wallung. Und dann wird es unerlässlich, dass wir den Boden auf dem Werksgelände untersuchen lassen müssen. Dagegen kann sich Köller junior nicht wehren. Und das wird Dreadnought gar nicht gefallen.«

Froloff assistierte fröhlich: »Eine solche Untersuchung wird dauern.«

Zufrieden grunzte Gluck: »Lange, sehr lange.«

Wuttke warf ein: »Aber wenn wir keine Verseuchung finden?«

Gluck betrachtete ihn wie einen begriffsstutzigen Azubi. »Macht doch nichts, Hauptsache, wir gewinnen ein paar Monate.«

Rombergs Laune wurde immer besser, er gewann Zutrauen in seine Truppe. Kurz hatte er ein ungutes Gefühl, aber er verscheuchte es. Auch der Junior spielte schließlich mit gezinkten Karten. Er gab zu bedenken: »Wir brauchen nach außen hin ein offizielles Projekt für den wiederbelebten Verein. Wie wäre es mit der Sanierung des Bismarck-Denkmals?«

Jetzt war auch Wuttke mit Elan bei der Sache. »Damit erfüllen Sie mir einen Herzenswunsch.«

Der alte Hindenburg war mittlerweile eingenebelt von den Gluckschen Rauchschwaden, doch das tat der allgemeinen Begeisterung keinen Abbruch. Der Champagner perlte in schlanken Gläsern, Gluck stieß mit jedem reihum an. Dann senkte er die Stimme: »Nun haben wir noch einen Punkt zu klären, den ich Ihnen nicht ersparen kann. Der Verschönerungsverein braucht eine Finanzierung, wie Herr Romberg schon sagte. Der Gutachter will Geld – je mehr wir bieten, umso mehr wird er hoffentlich im Lützelbach finden. Außerdem das Hüttendorf mit seinen Bewohnern, die von irgendwas leben müssen.« Er machte eine kleine Pause, bevor er verkündete: »Ich beteilige mich mit 50.000.«

Madame Lumpi sagte: »20.000.«

»Weitere Angebote?«, fragte Gluck in die Runde.

Die prächtige Stimmung sackte ab. Betriebsrat Hemmerle vertiefte sich in sein Notizbuch, Bürgermeister

Wuttke schien zu schrumpfen, Froloff sah wieder wie ein trauriges Pferd aus.

In das Schweigen hinein sagte Romberg: »Von mir gibt es 100.000.«

Glucks Miene hellte sich auf. »Na also, geht doch.«

Immer noch Stille im Salon.

Zeit für Rombergs nächste Idee. »Wie Sie wissen, habe ich vor, im Erfolgsfall auch die Belegschaft bei Köller nach und nach am Unternehmen zu beteiligen. Machen wir es so – jeder, der sich jetzt engagiert, erhält später KoellerCom-Aktien zum Vorzugspreis. Garantieren kann ich nichts, aber Ihr Wagemut könnte sich lohnen.«

»50.000«, sagte Madame Lumpi.

»Bravo! Ich erhöhe auf 75.000«, sagte Gluck.

Hemmerle hob den Kopf. »Im ›Uhrtürmchen‹-Fonds haben wir ein bisschen Liquidität. Also, mit 100.000 sind wir dabei.«

Froloff flüsterte: »Ich beleihe mein Presseversorgungswerk. 50.000.«

»Und was bietet die Öffentliche Hand?«, rief Gluck und heftete seinen Blick auf den Bürgermeister.

Wuttke war mittlerweile fast unter den Tisch gerutscht. Er näselte: »Mir sind leider die Hände gebunden.«

Gluck entgegnete unwirsch: »Komisch, meine sind immer frei. Lieber Wuttke, haben Sie in Ihrem Haushalt nicht irgendwo eine Art Reptilienfonds?«

Wuttke blickte wie ein gehetzter Hase. »Es gibt noch eine Restsumme im Etat für Wirtschaftsförderung.«

»Wie viel?«

»Anderthalb Millionen.«

Gluck klatschte in die Hände. »Her damit. Wir betreiben ja nichts anderes als Wirtschaftsförderung.«

Wuttke krümmte sich. »Aber wenn das die Kommunalaufsicht erfährt!« Scheu sah er zur Tür hin, in der Erwartung, dass gleich Uniformierte hereinstürmen würden.

Romberg fasste den Bürgermeister an der Schulter und schüttelte ihn sacht. »Ihr Vater hätte nicht gezögert.«

Wuttke verfärbte sich. Dann nickte er stumm.

Gluck rechnete zusammen. »Das nenne ich mal eine schöne Kriegskasse.«

28. KAPITEL

NAA – WERKLISCH NET

Der Bikini stand ihr gut. Und Iris Putlitz war offenbar bester Laune, wie sie da am Pool eines Luxusresorts in Barbados lungerte. Ein Hauch von Eifersucht machte sich breit in Romberg, der auf dem Foto angestrengt nach einem Mann im Hintergrund suchte.

Auf dem anderen Foto grinste Köller junior, es zeigte ihn auf der Rennwoche Baden-Baden neben einer unbekannten Schönen.

Acht Zentimeter hoch und blutrot standen über beiden Fotos die Lettern »Die Plattmacher von Schaffenfels«, mit denen der Kettenhund die Hatz eröffnet hatte.

Romberg saß in seiner Frankfurter Wohnung und las den Bericht mit wachsendem Vergnügen. Er war noch im Morgenmantel, die kleine Putlitz knabberte an seinem rechten Fußgelenk.

Gluck hatte ihn vor wenigen Minuten am Telefon bestärkt: »Ich nehme alles zurück, was ich je über BUMS dachte. Die bringen die Sache auf den Punkt.«

Es war schon sehr gekonnt, wie BUMS das machte. Vor allem im Kontrast zu den daneben platzierten Fotos vom Niedergang in Schaffenfels, mit leer stehenden Werkswohnungen und der Trinkhalle am St.-Helena-Platz samt ihrer Elendsgestalten.

»Diese Putlitz schießen wir aus ihren Seidenhöschen«, hatte der Journalist von BUMS getönt, als ihn Romberg zusammen mit Froloff getroffen hatte.

Auch Froloff griff in seinem Blatt mächtig in die Orgel. Unter dem Titel »Der große Ausverkauf – was Köller wirklich plant« breitete er das Vorhaben mit Dreadnought aus. Hemmerle und auch Gluck, der noch einige informelle Kanäle in die Villa Köller unterhielt, hatten Froloff gut gefüttert.

In seiner Kanzlei hatte Gluck Romberg und Froloff über seine neuesten Erkenntnisse informiert. »Es kommt noch schlimmer, als ich befürchtet habe. Der Standort wird komplett zerschlagen. Die Motorensparte inklusive Rumänien wird an einen Konkurrenten in Irland verkauft, die Rasenmäherabteilung wird stillgelegt, die wertvollsten anderweitigen Patente werden weltweit an die Meistbietenden verscherbelt.«

Düster hatte Froloff gefragt: »Und was bleibt in Schaffenfels übrig?«

»Ein riesiges Firmengelände in bester Lage und mit Gleisanschluss. Hier will Dreadnought einen Industriepark schaffen.«

»Das klingt doch so schlecht nicht«, hatte Froloff zu bedenken gegeben.

Gluck hatte abgewinkt: »Nur auf den ersten Blick. Der Handyhersteller Nuxia möchte sich hier ansiedeln, aber nur mit einer vollautomatisierten Produktionsstraße. Hinzu kommt ein großes Logistikzentrum.«

Romberg hatte eingeworfen: »Waren die nicht zuletzt in Eschborn, im Westen Frankfurts?«

Gluck hatte genickt. »Dann sind sie aber in die Ukraine und später nach Usbekistan. Typische Karawanenkapitalisten. Mittlerweile haben sie den Globus umrundet. Nachdem sie merkten, dass es anderswo auch nicht so toll ist, kehren sie nun zurück. Machen neuerdings ja viele. Würde mich nicht wundern, wenn sie dafür noch Zuschüsse vom Land Hessen erhalten.«

»Und wer soll den Industriepark noch bevölkern?«, hatte Romberg gefragt.

»Auf dem Rest des Geländes möchte sich ein Internet-Buchhändler ansiedeln. Auch mit einem riesigen Lager.«

Romberg hatte kurz nachgedacht und dann gesagt: »Lassen Sie mich raten – die Produktionsstraße und das Logistikzentrum kann man mit 100 Leuten betreiben, beim Bücherfritzen finden vielleicht 50 Menschen Arbeit. Mies bezahlte übrigens.«

Gluck hatte erneut genickt, und Froloff war außer sich geraten. »Unfassbar! Was wird aus den Meistern, aus den Fachkräften? Heute noch Hightech, morgen Päckchen stapeln. Das ist der Untergang von Schaffenfels.«

Romberg hatte ihn beruhigt. »Genau das wollen wir ja verhindern.«

»Die machen schon einige Monate mit dem Projekt rum. Warum lassen die sich so viel Zeit?«, hatte Froloff sich gewundert.

»Weil der Junior pokert. Die Putlitz ebnet ihm alle Wege, doch er möchte einen möglichst hohen Preis. Er will einen großen Turm mit Bauklötzchen aufhäufen«, hatte Gluck erklärt.

Romberg hatte ihm beigepflichtet. »Gut für uns, dass er eine Spielernatur ist. Nur deshalb haben wir noch eine Chance.«

Froloff war immer wütender geworden. »Diese Putlitz mache ich zur meistgehassten Frau Deutschlands.«

Romberg war zusammengezuckt. Tja, das war der Preis dafür, wenn man zweigleisig fuhr.

Nun schaute er sich die Fotos noch einmal genauer an. Er erschrak. An der Trinkhalle stand auch sein Diplomingenieur, gerade einen Schnaps kippend. Er musste sich dringend um Eisele kümmern, das ging nicht so weiter mit dem Genie. Ansonsten fühlte er sich milde beschwingt, denn die Aktionen des Verschönerungsvereins gewannen vom Start weg an Kraft und Tiefe.

Den Verein hatten sie im »Uhrtürmchen« offiziell reanimiert. Der Anwalt hatte formgerecht alle Mitglieder, auch sämtliche Karteileichen, zur außerordentlichen Mitgliederversammlung eingeladen. Doch es waren nur Romberg, Wuttke, Madame Lumpi, Froloff und Hemmerle erschienen.

»Wie haben Sie das hingekriegt?«, hatte Romberg gefragt.

Gluck hatte gelächelt. »Ich habe allen anderen vorab erzählt, dass wir von ihnen eine exorbitante Sonderumlage haben wollen. Da sind sie alle ausgetreten – und wir sind schön unter uns und beschlussfähig.«

Romberg war Erster Vorsitzender und Schatzmeister geworden, als Stellvertreter fungierte Gluck, als schlichte Mitglieder galten Madame Lumpi, Wuttke, Hemmerle und Froloff. Der war es auch gewesen, der tags darauf in der »Glocke« gemeldet hatte: »Der Verschönerungsverein ist wieder da. Bismarck kann hoffen.«

Nach und nach waren die Spenden eingetrudelt. Nur Wuttke hatte sich ein wenig geziert, ehe auch seine anderthalb Millionen geflossen waren.

Die Lähmung, mit der die Leute in Schaffenfels bislang den Niedergang verfolgt hatten, war vorbei. Aufruhr lag in der Luft.

»Schade, dass wir keine Bastille haben – die Leute würden sie stürmen«, hatte Gluck gemeint.

Romberg fühlte sich 20 Jahre jünger. Er hatte erneut sein Angebot zur Firmenübernahme durchkalkuliert, mit dem Direktor der Volksbank Schaffenfels gesprochen, ob die Finanzierung noch stehe.

»Sicher doch, das machen wir über den genossenschaftlichen Verbund. Wir haben mehr Power als manche Großbank«, hatte der Direktor gesagt.

Romberg legte die BUMS beiseite, duschte und zog sich an. Ihn hielt nichts mehr in Frankfurt, er musste ins Städtchen.

Eine Stunde später schlenderte er von der Altstadt hin zum Haupttor der Köller-Werke. Es wimmelte von Menschen. Fünf braune Holzhäuschen waren hier aus dem Boden geschossen, hübsch gruppiert um eine kleine Kirche mit keckem Türmchen und ein Pressezelt. In den fünf Häuschen wohnten fünf handverlesene, kürzlich entlassene Köllerianer nebst ihren Familien. Alle hatten 25 Jahre und mehr bei Köller gearbeitet, ihre Väter ebenso und auch die Großväter. Jeder trug die goldene Nadel für 25 Jahre Betriebszugehörigkeit.

Romberg besuchte jedes Häuschen. Im dritten kam er gerade dazu, als ein Köllerianer wieder einmal jene Schreckensnacht 1997 schilderte, »als wir den Großbrand in Halle A löschten.«

Romberg drückte allen Köllerianern die Hand, schaute sich die Schwarz-Weiß-Fotos an den Wänden an, die vom

Früher bei Köller kündeten, als alles gut gewesen war. Mit ihm drängten sich neugierige Schaffenfelser und Journalisten in den puppenstubengroßen Räumen, wo die Köllerianer ihr Schicksal ausbreiteten. Nicht zu vergessen die Köllermütter, die im Wickelraum ihre Babys versorgten. Wo Hemmerle die wohl alle aufgetrieben hatte, fragte sich Romberg.

Die Volkskirche, in der gerade ein alter Videofilm in verwaschenen Farben lief, war überfüllt. Romberg gönnte sich einen Blick auf die Leinwand und staunte nicht schlecht: Da lief er mitsamt dem Alten durchs Werk, kurz nachdem er bei Köller angefangen hatte. Dynamisch sah er aus. Früher war wirklich schöner, dachte er wehmütig. Er setzte sich auf eine der hinteren Bänke.

Vorne am Altar stand Gluck und las aus Ludwig Erhards »Wohlstand für Alle«. Zum Schluss rief er donnernd aus: »Wir müssen den Köller-Werken ihre Seele zurückgeben!«

Romberg durchlief ein zarter Schauer, während die Leute Beifall klatschten. Die Seele zurückgeben, das war gut.

Zwischen den Häuschen hatte Hemmerle Kunstrasen anlegen lassen. Dort ratterten ein paar Rasenmäher mit Köller-Motoren. Und im Pressezelt zeigte ein Monitor, wie das Modell Sophie die Welt erobert hatte, wie Motoren Marke Köller in einem Airbus arbeiteten oder wie sie eine Fertigungsstraße in Shanghai am Laufen hielten.

An der Stirnseite des Pressezelts erblickte Romberg die gute alte Luzie. Sie trug einen weißen Kittel nebst dem Button »Stoppt den Junior« und wirbelte hinter der Theke hin und her, wo es frischen Kaffee und Kuchen gab. Just in diesem Moment reichte sie einem Pressemenschen ein Stück duftenden Apfelkuchen mit den Worten: »Abber schreibbe Se schee ibber uns.«

Romberg trat näher. »Kriege ich auch einen Kaffee, liebe Luzie?«

Ihre hellblauen Augen blickten gnädig. Seit er wieder in Schaffenfels war, hatte sie ihm verziehen. »Für Sie immer. Gell, jetzt lasse Se uns ned mehr hänge?«

Romberg schüttelte den Kopf. Er freute sich, dass auch Luzie mitmachte.

Während Romberg an seinem Kaffee nippte, schoss von hinten ein TV-Reporter vor zur Theke. Er hielt Luzie ein Mikrofon vor die Nase.

Sie erschrak.

»In einem Satz – wird Köller gewinnen?«, fragte der Mann.

Luzie fasste sich und antwortete: »Naa, naa – werklisch net!«

29. KAPITEL
BELAGERUNG

Draußen schwoll der Lärm an und Romberg verließ das Pressezelt. Vor dem Haupttor hatte sich ein Menschenknäuel gebildet, durch das sich ein Bus im Schritttempo schob. Die Leute johlten, Eier und Tomaten flogen, andere traten wütend gegen das Blech. Sprechchöre skandierten: »Eigentum ist Diebstahl!« Hinter den Fenstern des Busses sah Romberg blasse Gesichter. Das waren die Rumänen, die Streikbrecher.

Was für Zeiten! Hemmerles harter Kern war seit Wochen im wilden Streik, seine 300 Aufrechten hatten einen Belagerungsring rund um das Werksgelände gezogen. Viel kam nicht mehr rein, wenig raus. Offiziell wurden die Streikenden nebst Hüttendorf vom »Uhrtürmchen«-Fonds unterhalten, doch insgeheim lenkte er als Vorsitzender des Verschönerungsvereins den Zahlungsfluss. Billig war das alles nicht, aber einige Wochen würden sie schon durchhalten.

Angenehm durchflutete ihn der Gedanke an Köller junior, wie der darüber rätselte, woher die Köllerianer das ganze Geld hatten. Soll er doch weiterrätseln und ein unbestimmtes Gefühl der Bedrohung haben.

Daneben hatte Romberg die Sanierung des Bismarck-Denkmals angeschoben. Schon war das Gestrüpp rund um den Reichskanzler beseitigt, bald würde ihn ein Sandstrahlgebläse vom Taubendreck befreien. Für ein paar Tausender konnte man viel machen.

Über das Wochenende ging Romberg zum zehnten Mal seinen Übernahmeplan durch und stellte zum zehnten Mal fest, dass er nichts übersehen hatte. Wie schön sich das alles las ... Doch war es letztlich nur Wolkenschieberei? Er verdrängte den Gedanken. Er würde nicht klein beigeben, er würde kämpfen, solange der Hauch einer Chance bestand.

Am Dienstag reihte er sich in den wöchentlichen Demonstrationszug ein, der vom Werk zum St.-Helena-Platz führte, wo Hemmerle am Brunnen seine Standard-Brandrede hielt. Beim ersten Mal waren sie 500 gewesen, jetzt waren es an die 2.000, bald würden es hoffentlich noch mehr sein. Der Ministerpräsident in Wiesbaden hatte sich »höchst besorgt« gezeigt und den Wirtschaftsminister geschickt, der getragen über »das Familienunternehmen als Säule unserer Wirtschaft« redete und »Wirtunwaswirkönnen« versprach.

Froloff eröffnete die zweite Front. »Die Lützelbachaffäre Teil zwei – holt die Vergangenheit Köller ein?« Der Artikel in der »Glocke« war voller Konjunktive, ein fragiles Konstrukt. Froloff erinnerte an den letzten Quecksilberfund im Main, was dem Verschönerungsverein keine Ruhe gelassen habe. In dessen Auftrag habe das Freiburger Institut Aquaprotect an der fraglichen Stelle erneut gesucht und wieder einen Schimmer Quecksilber gefunden. Es sei nicht auszuschließen, zumindest theoretisch und vorsorglich, dass die Kontamination von den Köller-Werken stamme, von wo aus sie in den Lützelbach und dann in den Main gelange. Vielleicht aus dem Grundwasser auf dem Firmenareal, ließ Aquaprotect verlauten.

Auch BUMS wühlte weiter. Das Blatt hatte ein Foto ausgegraben, das Köller junior auf der Terrasse seines Londoner Penthouse zeigte, wo er das Victory-Zeichen machte. Und die Putlitz war beim Gang über die Düsseldorfer Königsallee abgelichtet worden, angetan mit Hermès-Stiefeletten. In der Bildunterschrift hieß es: »2.000 Euro für ein paar Heuschreckenfüße.«

So kann es weitergehen, dachte Romberg fröhlich, als er Anwalt Gluck in der Kanzlei aufsuchte. Auch Gluck war gut gelaunt.

Zum Thema Quecksilber meinte Romberg: »Ist zwar weit hergeholt, aber sei's drum.«

Der alte Schlawiner äugte wie ein Reh. »Lieber Christof, machen Sie doch Ihre eigene Idee nicht herunter. Ich sehe das Ganze als eine Art übergeordnete Wahrheit. Oder liegt Ihnen nicht an unserer Umwelt? Ist Ihnen unser Planet egal, die Zukunft unserer Kinder?«

Romberg lachte. »Womit haben Sie die Leute von Aquaprotect denn wirklich hierher gelotst?«

Gluck sog zufrieden an seiner Zigarre. »Die Freiburger sind hoch motiviert, vor allem weil ich ihnen einen zweiten Auftrag in Aussicht gestellt habe. Ein Gutachten über die Auswirkungen der Erderwärmung auf das Mikroklima von Schaffenfels. Zahlt übrigens der Verschönerungsverein.«

Kaum war der Bericht über das Quecksilber in der »Glocke« erschienen, äußerte Bürgermeister Wuttke seine Betroffenheit und erklärte: »Im Namen der Stadt erwarte ich eine lückenlose Aufklärung! Nun ist die KoellerCom gefordert.«

Gespannt wartete Romberg auf die Reaktion des Juniors. 24 Stunden lang tat sich nichts, dann nahm der Umweltbeauftragte der KoellerCom Stellung, einer von den Vice Presidents aus der zweiten Reihe. »Wir laden Aquaprotect herzlich ein, das Werksgelände zu untersuchen. Wir haben nichts zu verbergen.«

Von Köller junior kam kein Wort, er hatte sich seit Beginn der Kampagne nicht geäußert. Er wie auch die Putlitz schienen wie vom Erdboden verschwunden.

Tage später streifte Romberg abends noch einmal durch das Hüttendorf. Es war dunkel und still, der Wind fegte ein paar zerrissene Protestplakate über das Pflaster. Unvermittelt dachte Romberg an die Mondscheinnacht mit Iris Putlitz in Frankfurt.

Plötzlich ein Wummern in der Luft, ein zitternder Lichtkegel – ein Hubschrauber ratterte im Tiefflug über die Stadt. Romberg schaute ihm nach, wie er sich Richtung Villa Köller entfernte. Er war sich sicher, dass er genau dort landen würde. Dort, wo die wirklichen Entscheidungen fielen.

30. KAPITEL
DER BLINDGÄNGER

»Eine Stadt im Ausnahmezustand« – Froloff hatte wieder mal eine schöne Schlagzeile.

Die Experten von Aquaprotect waren fündig geworden, allerdings nicht ganz wie erhofft. Die Bodenproben im Firmengelände hatten nichts, rein gar nichts zutage gefördert. Im Lützelbach selbst nahmen sie diverse Wasserproben. Immerhin fanden sie neben zahlreichen gebrauchten Kondomen einen rostigen Kinderwagen, drei Fahrräder, ein Dutzend Regenschirme, eine kaputte Kaffeemaschine und eine 500-Kilo-Fliegerbombe von 1944. Die halbe Stadt war evakuiert worden, um die Bombe entschärfen zu lassen.

Missmutig stapfte der alte Gluck an einem Dienstagmorgen in Gummistiefeln und grüner Barbour-Jacke mit Romberg durch die feuchten Lützelbachauen. Es war kühl, trotz des Frühsommers. Gerade war die Sperrung aufgehoben worden, die Männer vom Kampfmittelräumdienst abgezogen.

»Die Bombe war nicht mal richtig scharf«, sagte Gluck enttäuscht.

Abends saß er mit Romberg bei einem Schaffenfels Gold im »Uhrtürmchen« und sie zogen Bilanz.

Gluck war ernüchtert. »Kein Quecksilber, kein Blei,

kein Cadmium, nicht mal ein Tröpfchen Salzsäure. Auf nichts ist mehr Verlass. Mit diesem Lützelbach gewinnen wir vielleicht einen Umweltpreis, aber sonst nichts.«

Romberg beruhigte ihn. »Lieber Paul, das war doch zu erwarten. Wir konnten dem Junior immerhin etwas Sand ins Getriebe schütten. Und ansonsten läuft unsere Kampagne volle Kraft voraus.«

14 Tage später war auch seine Laune gedämpft. Er war auf dem Weg zur Vorstandssitzung des Verschönerungsvereins in den Brinkmann-Stuben. Sein Bauchgefühl meldete, dass sie den Scheitelpunkt ihrer Offensive erreicht hatten, dass es nun abwärts gehen würde. Der Verschönerungsverein teilte kraftvolle Stöße aus, doch sie zielten ins Leere. Volkskirche und Wickelstube schienen Köller junior nicht sonderlich zu beeindrucken.

Es waren nun zehn Wochen vergangen seit dem Start der Kampagne. Noch standen die Streikposten, aber der Zulauf zur Dienstagsdemo sank. Im Hüttendorf herrschte weiterhin quirliges Leben, doch das Ganze war sehr »tümlich« geworden. Besonders an den Wochenenden mischten sich Reichsbürger unter die Schaffenfelser, dazu Impfgegner, jede Menge Weltretter, fliegende Händler, Hütchenspieler, Endzeitpropheten, Neo-Trotzkisten und Quarkdenker.

Die Musterfamilien in den Hütten waren müde, die Kinder wollten nach Hause. Die Kriegskasse leerte sich, Hemmerles harter Kern schmolz.

BUMS hatte das Thema KoellerCom ausgiebig gemolken und verlor das Interesse. Seit zwei Tagen beschäftigte sich das Blatt lieber mit einer 39-jährigen Lehrerin an der Gesamtschule Schaffenfels, die mit einem 15-jährigen Schüler nach Ibiza durchgebrannt war.

Der Verschönerungsverein tagte wieder im Salon Hindenburg, und die Stimmung war bedrückt.

Journalist Froloff berichtete: »Mein Chefredakteur meint, ich sollte es gut sein lassen. Von wegen Privateigentum, Marktwirtschaft und so.«

Bürgermeister Wuttke warf ein: »Noch haben wir die Politik auf unserer Seite! Der Ministerpräsident hat uns erst gestern erneut seine Solidarität bekundet und seinen Staatssekretär geschickt. Das muss Köller und Dreadnought doch zu denken geben.«

Romberg winkte ab. »Ein Global Player wie Dreadnought interessiert sich nicht für Staatssekretäre. Die wissen wahrscheinlich nicht mal, wie der heißt.«

Betriebsrat Hemmerle wirkte angeschlagen, aber er riss sich zusammen. »Ich könnte mich immer noch am Brunnen auf dem St.-Helena-Platz anketten. Ein Privatsender will das exklusiv haben, aber nur wenn ich mich nackt ankette.«

Alles lachte traurig.

In Gluck glomm ein Restfeuer. Er hob zum Schluss der Sitzung sein Glas und rief: »Die letzte Schlacht und das letzte Bataillon entscheiden einen Krieg.«

Köller junior konterte zwei Tage später kalt und trocken. Die Wirtschaftspresse veröffentlichte den jüngsten Quartalsbericht der KoellerCom. Sie hatte blendende Umsätze, die Kunden rissen sich um die betagte Sophie, der Streik hatte wenig gestört, die Rumänen hatten das bestens abgefedert. Es waren vorzügliche Zahlen, der Aktienkurs schnellte nach oben. Vor allem dank der Nachricht: »Köller junior und Dreadnought unterzeichnen Letter of Intent. Der Deal ist bald perfekt.«

31. KAPITEL
GIB UNS HOFFNUNG

An der Ampel am St.-Helena-Platz hielt ein BMW. Romberg wollte gerade den Zebrastreifen überqueren, als das Fenster an der Fahrerseite nach unten glitt.

Köller junior rief lächelnd zu ihm herüber: »Mein Guter, wie schön, dass Sie auch mal wieder im Städtchen sind.«

Romberg war überrascht und trat unwillkürlich näher.

»Haben Sie Lust auf einen Kaffee?«

Verdattert nickte Romberg. Der Junior fand gleich einen Parkplatz und lotste ihn in das nächste Café. Er war sehr aufgeräumt. »Eigentlich hatte ich gedacht, dass Sie sich nur noch in Frankfurt engagieren. Aber nein, Sie haben diesen Verein auf die Beine gestellt. Der ist mir durchaus lästig gefallen, mein Lieber. Doch Sie wissen wohl, dass alles bald vorbei ist.« Der Junior griff in sein Jackett, förderte einen zerknüllten 500-Euro-Schein zutage und reichte ihn Romberg. »Kleine Spende für Ihren Verschönerungsverein. Der kann sich bald vollends auf den Bismarck konzentrieren.«

Romberg schob ihm den Schein zurück. »Noch ist nicht aller Tage Abend.« Das war eine lahme Erwiderung, aber mehr fiel ihm auf die Schnelle nicht ein. Aus einem Impuls heraus fragte er: »Wie geht es denn Frau Putlitz?«

Köller junior zuckte unmerklich zusammen. Dann erwiderte er leise: »Sie arbeitet nicht mehr für mich. Mehr möchte ich dazu nicht sagen.« Er verabschiedete sich rasch.

Zurück blieb ein Romberg, der düster in seinem erkaltenden Kaffee rührte. Der Junior war ihm einfach über. Sicher, dessen Deal mit Dreadnought konnte in letzter Minute noch scheitern, aber dazu müsste es schon Hunde vom Himmel regnen. Die meisten Schaffenfelser hatten resigniert. Die »Mit uns nicht!«-Plakate in den Auslagen der Geschäfte waren verschwunden, kaum einer trug noch die »Stoppt den Junior«-Buttons. Gestern Abend war das Hüttendorf geräumt worden, und die letzten Streikposten hatten sich verzogen. Rückzug auf ganzer Linie.

Seine Gedanken schweiften zu Iris. Nach ihrer letzten SMS hatte sie sich nicht wieder gemeldet, mit keinem einzigen Zeichen. Im Hotel in Frankfurt hatte sie ausgecheckt, in ihrer Londoner Wohnung ging niemand ans Telefon. Sie war wie vom Erdboden verschwunden. Ein weiteres Rätsel, dachte er. Und machte sich mit dem betrüblichen Gedanken vertraut, ein nettes Spielzeug für ein paar heiße Stunden gewesen zu sein. Wie schade, er hatte schon angefangen, von einer gemeinsamen Zukunft zu träumen.

Nachtschwarze Gedanken trieben Romberg durch den Kopf, als er am Abend seine Schritte Richtung »Uhrtürmchen« lenkte. Der Verschönerungsverein tagte diesmal auf der Kegelbahn des »Uhrtürmchens«. Ein unwirtlicher Ort, fand Romberg, als er sich über die knarzende Wendeltreppe in das Untergeschoss tastete. Kalter Rauch hing in der Luft, kraftlos baumelten die Kegel mit verhedderten Schnüren in der ersten Bahn.

An einem Tisch voller Brandflecken und Glasränder warteten seine Mitstreiter auf ihn. Wie eine Pfadfindertruppe, der es die Zelte davongeweht hatte, ein verlorener Haufen. Alle Augen richteten sich auf ihn. Gib uns Wegweisung, gib uns Hoffnung, sagten sie.

Romberg raffte sich zu einem Durchhalteappell auf. »Die erste Runde haben wir verloren, aber wir kämpfen weiter. Irgendetwas wird uns einfallen, einfallen müssen!«

Gluck hob matt die Hände. »Erinnert mich fatal an einen Spruch im Oberkommando der Wehrmacht von 1943: ›Wir werden diesen Krieg gewinnen, weil wir ihn gewinnen müssen.‹«

Der Anwalt hatte offenbar kapituliert. Ebenso Bürgermeister Wuttke, der meinte: »Ich bitte um Verständnis, wenn ich bald die künftigen Eigentümer kontaktiere. Schon im Interesse der Stadt.«

Madame Lumpi zeigte ebenfalls keinen Kampfgeist und jammerte nur, sie werde schon wieder »nachbeteiligt«.

Betriebsrat Hemmerle war grau im Gesicht. »Die Kollegen haben gegeben, was sie konnten. Nun fürchten alle, die bei Köller noch einen Job haben, um ihren Arbeitsplatz. Ich denke, das war's.«

Journalist Froloff setzte ein bitteres Lächeln auf. »Wir haben ja noch ein bisschen was in der Kasse. Am besten machen wir alle eine Sause in Las Vegas und hauen den Rest auf den Kopf.«

Romberg schüttelte den Kopf. »Ich mache weiter. Erst wenn die Tinte unter dem Verkaufsvertrag getrocknet ist, gebe ich auf.«

Die Runde zerstreute sich, draußen auf der dunklen Gasse drückte ihm Gluck die Hand. Er hatte trübe Augen im wächsernen Gesicht. »Wenigstens haben wir einen anständigen Kampf gekämpft.« Dann trottete er Richtung Kanzlei davon.

32. KAPITEL
RHABARBERKUCHEN

»Herr Rombersch, des is zum Verzweifele. Die Leut wolle net mehr.« Luzie klang, als ob sie aus einer Grabkammer heraus sprach.

Romberg lenkte gerade seinen neuen BMW aus der Tiefgarage in der Eysseneckstraße Richtung Schaffenfels, als ihn der Anruf erreichte. Die Handy-Verbindung war schlecht, nur mühsam konnte er sie verstehen.

Sie wechselte abrupt ins Hochdeutsche. »Und noch etwas. Die wollen mich aus der Villa Köller vertreiben!«

»Was wollen die?«

»Ein junger Mann von der Verwaltung hat mir heute früh gesagt, dass sie mich nicht mehr brauchen für die Pflege des Parks. Wird eh bald alles verkauft, hat der Schnösel gemeint. Das hätte der alte Herr Köller nie zugelassen!« Luzie schniefte, sie war außer sich vor Kummer.

Romberg wusste, wie sehr sie an dem Park auf dem Firmengelände hing, an den Kastanien und Buchsbäumen, an den Löwenmäulchen und Levkojen. Aber der Park hatte keine Zukunft, wie er von Hemmerle wusste. Die Planungen für den neuen Industriepark ließen keinen Raum mehr für das Grün. Dennoch hätte man anders mit Luzie reden müssen. Spontan sagte er: »Kann ich Sie zu Hause besuchen, gegen 16 Uhr?«

»Gerne. Es gibt auch Rhabarberkuchen.«

In Schaffenfels lachte die Sonne. Romberg war allein unterwegs, den Bodyguard hatte er mit allen guten Wünschen entlassen. Er glaubte nicht mehr, dass man erneut einen Anschlag auf ihn versuchen würde. Tja, wer war »man«? Die Berichte über den Stand der Ermittlungen, die ihm Hauptkommissar Bronski regelmäßig zukommen ließ, waren zuletzt immer dürrer geworden. »Wir werden demnächst noch einmal das Waldgebiet in einem großen Radius rund um den Tatort durchsuchen«, hatte er vor zwei Tagen am Telefon gesagt.

»Sehr tröstlich, lieber Herr Bronski. Sie müssen doch irgendeinen Anhaltspunkt gefunden haben, irgendetwas! Was ist mit der Waffe?«, hatte Romberg moniert.

»Diese G3-Gewehre gibt es wie Sand am Meer. Fahren Sie mal ins Frankfurter Bahnhofsviertel, dort kriegen Sie ein Exemplar binnen einer Stunde, nebst Munition. Ich weiß, die Lage ist höchst unbefriedigend, denn mit jedem Tag, der vergeht, wird es schwieriger für uns. Aber ich bleibe dran, habe keine Lust, dass mir dieser Fall als Cold Case den Ruhestand versaut«, hatte Bronski erwidert und hinzugefügt: »Ich vernahm, dass Sie Ihren Leibwächter entlassen haben?«

»Hm, ich glaube nicht, dass da noch etwas nachkommt.«

»Ich hätte ihn behalten. Dieser Fall kann noch viele Überraschungen bringen, sagt mir mein Bauch.«

Romberg schüttelte die Gedanken daran ab und ließ den BMW gemächlich rollen. Er passierte die Rosenhöhe und bog dann in die Siedlung Am Brockfeld ein. Dort lebte Luzie in einer der dunklen Backstein-Werkshäuschen, die der Vater des Alten für die Belegschaft hatte errichten lassen. Alle waren gepflegt, viele Köllerianer hatten sie sich nach Feierabend mit Hingabe ausgebaut, nicht zu vergessen die winzigen grünen Parzellen hinter den Häuschen. Doch nun gehörten die meisten Häuschen einer TerraInvest aus Berlin. Und in jeden dritten Vorgarten hatten die Makler ihre Schilder »Zu Verkaufen« gerammt.

Luzie begrüßte Romberg herzlich und geleitete ihn durch einen engen Flur zur Rückseite, wo sich ihr kleiner Garten öffnete. Hinten stand ein Gartenhäuschen, links und rechts wurde ein schmales Stück Rasen von Brombeersträuchern sowie einem Beet für Kopfsalat und Kräuter gesäumt. Die Beete waren akkurat in Schuss, doch das Gartenhäuschen war windschief und hätte einen neuen Anstrich vertragen können.

Auf dem runden Eisentisch mit drei Stühlen mitten im Rasen warteten zwei Gläser Quittengelee. »Für Sie, Herr Romberg«, sagte Luzie. Dazu gab es dickwandige Tassen, eine mächtige Kaffeekanne und den Kuchen. Die Nachmittagssonne hatte noch Kraft, die Brombeeren leuchteten in sattem Schwarz, die Dahlien und Gladiolen blühten, im winzigen Naturteich neben dem Gartenhäuschen kopulierten ein paar Frösche. Ein leiser Wind fächelte Frische herbei.

Luzie bat Romberg, sich zu setzen, schenkte den Kaffee ein und seufzte: »Es ist schlimm, was mit meiner Stadt passiert. Die meisten meiner Bekannten sind arbeitslos. Der Nachbar links hat letzte Woche seinen Wohnwagen vollgepackt und ist mit der ganzen Familie auf nach Osten. Will in Jena sein Glück versuchen.«

Fragend schaute Romberg auf das Gartenhäuschen.

»Da hat Martin früher seine Kaninchen gehalten«, sagte Luzie.

Martin Bazinek, der Held des Großen Brands von 1997. Er kannte ihn nur aus Erzählungen als einen der tüchtigsten und findigsten Meister der Köller-Werke, von Jugend an in der Firma. Höchst engagiert hatte er sich mehr um den Zustand der CKW-Metallreinigungsanlage gesorgt als um seinen Opel. Ein Jahr nach der Heldentat war er krank geworden. Der Alte hatte ihm das volle Gehalt weitergezahlt, bis Bazinek 2001 gestorben war. Und Luzie war bis zu ihrer Pensionierung im Jahr 2010 die gute Fee der Firmenkantine gewesen.

Romberg kostete vom Rhabarberkuchen, der köstlich schmeckte. Dann lehnte er sich zurück. »Liebe Luzie, erzählen Sie bitte noch mal alles der Reihe nach.« Luzie wiederholte stockend, was man ihr wegen des Parks mitgeteilt hatte, ihr Busen bebte vor Empörung.

»Wie lange haben Sie denn den Park schon in Ihrer Obhut?«, fragte Romberg.

»Über 20 Jahre. Und ich sollte den Park betreuen, solange ich dazu Kraft und Lust habe. Das hat mir der Herr Köller senior ausdrücklich bestätigt.«

In diesem Moment öffnete sich ächzend die Tür des Gartenhäuschens und eine heruntergekommene Gestalt trat zögernd ins Freie. Die langen Haare hingen wie ein verfilzter Mopp den Rücken hinunter, die Jeans war fleckig.

»Guten Tag, Herr Diplomingenieur.« Romberg begrüßte Markus Eisele. Der sah noch zerfurchter aus als früher, die Silberspange im Haar fehlte, statt des frischen weißen T-Shirts trug er ein viel zu großes Jäckchen in verblichenem Babyblau.

Eisele näherte sich mit Trippelschritten und sagte leise: »DDie Jacke habe ich von Frau Bbbazinek. Kam ja mit nichts hier an.« Vorsichtig ließ sich Eisele auf dem freien Stuhl nieder, während ihm Luzie ein Glas Holunderbeersaft aus der Küche holte. Er nahm das Glas mit beiden Händen, Romberg registrierte den feinen Tremor.

Luzie sagte: »Den Herrn Eisele kenne ich seit vielen Jahren aus der Firma. Kürzlich habe ich ihn auf dem St.-Helena-Platz aufgelesen. Schlimm, wie er da rumhing. Oder besser rumlag. Seit zwei Wochen ist er hier, und ich habe ihn ein bisschen aufgepäppelt. Er hilft mir im Garten, es geht ihm schon viel besser.« Sie tätschelte den Mopp. »Und, schmeckt der Holunderbeersaft?«

Eisele nickte mäßig begeistert. Für einen Moment blickte er verloren in den blauen Himmel. Dann stand er auf. »Ich habe da etwas im Schuppen.«

Eine Minute später erschien er wieder. Seine Hände bargen etwas, sie umfassten es zärtlich wie einen Kolibri. Eisele öffnete die Hände und sagte: »Das ist Karl Gustaf. Hab ich mitgenommen aus der Firma, interessierte die ja nicht die Bohne.«

Romberg betrachtete den winzigen Motor, der in einem Wattebausch ruhte.

Eisele sah aus wie eine magenkranke Squaw, aber seine Augen hatten das alte Feuer. »Ist natürlich noch nicht fertig. Dazu brauche ich ein vernünftiges Technikum. Hier in diesem Schuppen kann ich nur ein wenig experimentieren.« Nach einer Pause fuhr Eisele andächtig fort: »Aber Karl Gustaf wird fertig werden, und er wird der beste Motor der WWWelt. Und wenn er nicht in Serie geht, stelle ich ihn mir halt zu Hause auf die VVVitrine!«

Abrupt stand er erneut auf und verzog sich in die Gartenhütte.

Stille im Garten, auch die Frösche waren verstummt.

Luzie legte ihren Kopf schräg und sagte leise: »Die sollten sich alle schämen, die in der Villa.«

Romberg legte ihr eine Hand auf den Unterarm. »Recht haben Sie. Aber noch ist nicht alles verloren, das verspreche ich Ihnen.«

»Sicher?«, fragte Luzie zurück. Sie war nicht dumm, sie wusste, wie es um ihre Sache stand.

Die Abenddämmerung kündigte sich an, und Romberg suchte zum Abschied nach weiteren Worten, um die Gärtnerin zu trösten. »Sollte ich die Firma übernehmen, bleibt Ihnen der Park natürlich erhalten.«

Sie entgegnete leise: »Lieb von Ihnen, dass Sie das sagen. Aber das wird nix mehr. Vergessen Sie die Quitten nicht.«

33. KAPITEL

LUZIES HALBSATZ

Zu Hause fand Romberg Trost bei der kleinen Putlitz. Und bei einer Flasche Beaujolais aus den Beständen von Madame Lumpi. Er schaffte noch eine zweite und eine halbe dritte. Nachts um drei rief er eine alte Freundin an, die Reaktion war recht ungnädig. Mit der halb leeren dritten Flasche stolperte er ins Bett.

Am nächsten Tag erwachte er gegen elf. Die Sonne stach ihm durchs Fenster ins Gesicht. Oh Gott, so muss sich Eisele gefühlt haben nach einer Schicht am Cassella-Eck. Mühsam richtete sich Romberg auf, seine zerknäulten Hosen hatte er noch an, die Füße steckten in den Schuhen. Am Fußende saß die Katze und blickte missbilligend.

In der Küche trank er eine ganze Flasche Wasser, setzte einen Tee auf und schluckte zwei Kopfschmerztabletten. Er atmete schwer und schwitzte. Was für eine Scheiße! Der ganze Kampf war umsonst gewesen. Aus der Traum von der eigenen Firma, ein Albtraum war es. Und Karl Gustaf, den besten Motor der Welt, würde es nie geben. Höchstens auf der Vitrine von Eisele, der sicher bald wieder saufen würde, vielleicht mit ihm zusammen?

Stumpf hockte Romberg in der Küche und stierte an die Wand. Nicht mal die Zigarette schmeckte mehr. Er machte sich nichts mehr vor, er war am Ende. Die ganze Anstrengung hatte lediglich dazu geführt, dass der blöde Bismarck in neuem Glanz erstrahlte. Romberg dachte an seine Mitstreiter im Verschönerungsverein, die so viel Hoffnung in ihn gesetzt hatten. Er würgte einen Schluck Tee hinunter.

Die kleine Putlitz tänzelte herein und setzte sich einen Meter vor ihm auf den Boden, musterte ihn mit einem seltsam starren Blick. Dann hatte sie Erbarmen mit ihm, sie schlängelte auf ihn zu und strich um seine Beine. Sie schnurrte, als er ihr zartknochiges Köpfchen streichelte, und bekam einen Schluckauf. Er nahm sie in die Arme und ging mit ihr ans Fenster. Gemeinsam schauten sie in die Baumkronen auf der Straße, durch die ein sanfter Wind fuhr. Kurz kam ihm ein Gedanke. Irgendetwas war gestern in Luzies Garten gesagt worden, irgendein Halbsatz, der ihm wichtig vorkam. Aber er war entschwunden. So wie Iris.

Jetzt hätte er Marie gebraucht. Wie oft hatte sie gesagt: »Du bist mit deinem Beruf verheiratet. Werde doch mal ein runderer Mensch, gönne dir Hobbys, schöne Reisen, lies etwas. Bücher, keine Statistiken. Lerne zu leben!«

Romberg pflanzte sich auf der Terrasse auf die Liege, die Teetasse in der Hand, und musterte den unverschämt blauen Himmel. Gedanken an Marie. Ihre blonden, langen Haare, die blauen, spöttischen Augen. 22 Jahre verheiratet, insgesamt gut, mit einigen perfekten Momenten. Das war mehr, als viele andere erleben durften. Wieder einmal bedauerte er, dass sie keine Kinder hatten.

Am nächsten Morgen war alles Grau in Grau. Er hatte lange geschlafen, bis nach neun. Nun saß er in Shorts in der Küche, studierte lustlos die Zeitung, im kleinen Fernsehapparat neben der Kaffeemaschine sah er einen liebestollen Bauern auf Frauensuche. Er zappte durch die Sender. Einmal sprang ihm eine Ganzkörpertätowierte ins Gesicht, ein anderes Mal verzehrten sogenannte Prominente Maden im Unterholz.

Romberg griff sich sein Notebook und loggte sich in Facebook ein, seine neueste Art, die Zeit totzuschlagen. Es gab durchaus nette, witzige, gar geistreiche Beiträge von den sogenannten »Freunden«, aber auch unendlich viel Quark. Bis dato hatte Romberg gar nicht gewusst, dass in Deutschland einige Millionen Narren unterwegs waren.

»Sie sind ein Idiot. Wenn Dummheit strafbar wäre, hätten Sie lebenslänglich«, hatte er vor acht Tagen einen Beitrag kommentiert. Das hatte ihm prompt eine siebentägige Sperre eingetragen.

Nun durfte er wieder posten. Er fuhr sich durch die Haare, als er sich durch die Posts der anderen scrollte.

Da war wieder dieser »Querdenker« mit seinen Fake News.

»Sie sind so dumm wie zwei Meter Feldweg«, tippte Romberg und klappte das Notebook zu. Morgen würde er nachsehen, ob man ihn erneut gesperrt hatte.

Romberg stierte an die Decke. Was sollte er aus diesem Tag machen? Der qualligen Struktur seines Daseins endlich eine Form geben? Ein Höhepunkt stand wenigstens fest: der Besuch beim Friseur. Er hatte ihn extra in seinem Terminkalender vermerkt, in den großen weißen Spalten, die sonst nichts mehr füllte.

Romberg gab sich einen Ruck, um unter die Dusche zu gehen.

Später lief er nach unten in den Hof zu den Mülltonnen. Er hatte eine Mülltüte dabei und einen Packen Post, den er verschicken wollte. Romberg öffnete eine Tonne, warf die Briefe schwungvoll hinein und ging weiter zum Briefkasten um die Ecke. Ein kleiner Junge folgte ihm. Vor dem Briefkasten blieb Romberg verdutzt stehen und musterte seine Mülltüte.

»Die geht aber nicht durch den Schlitz«, sagte der Junge und fing an zu prusten.

Romberg lachte gequält. Zurück an der Mülltonne musste er sich tief in diese hineinbeugen, um die Briefe herauszufischen. Kein Zweifel, er baute ab.

Kurz darauf machte er sich auf zu seinem Stammfriseur an der Hauptwache. Ein Schlurfgang voller Melancholie.

Der Friseur schaute ihn erwartungsvoll an, als er hereinkam. Er freute sich auf einen ausgiebigen Schwatz. »Und, wie möchten Sie heute die Haare geschnitten haben?«

»Schweigend!«

34. KAPITEL
IM LOCH

Gluck hatte sich für einen Besuch angesagt. Romberg wollte ihn eigentlich nicht sehen, konnte es dem alten Freund aber nicht abschlagen. Seit einer Woche hing er nun hier herum; es kam ihm vor wie ein Monat.

Er blickte an sich herunter. Die schwarzen Budapester sahen fleckig aus. Er nahm ein paar alte Socken, spuckte auf die Schuhspitzen und rieb, bis sie wieder glänzten. Kein Zweifel, er wurde schlampig. Erneut kam ihm der Gedanke, dass die Wohnung für ihn alleine viel zu groß war. Fünf Zimmer, 200 Quadratmeter. Ausgesuchte Antiquitäten und moderne Möbel in einem gelungenen Crossover – sie standen noch so, wie Marie sie arrangiert hatte. Von ihr hing kein Bild in der Wohnung. Er hatte nach dem Unfall alle Fotoalben, alle Filme, alle Erinnerungsstücke in einen Karton verpackt und tief im Keller deponiert. Noch heute hatte er nicht die Kraft, sich die Bilder anzusehen.

Er hatte Marie immer wieder vertröstet, wenn er in der Arbeit auf- und unterging – auf die schönen Reisen, die sie später einmal machen würden, auf dies, auf jenes. Wenig davon war passiert. Nun hatte er die Zeit dafür, aber Marie war tot – und Iris war weg.

Sollte er die Wohnung verkaufen? Nein, die Lage war erstklassig: der Park mit dem Holzhausenschlösschen vor der Tür, 15 Gehminuten bis zur Hauptwache. So eine Wohnung würde er nicht mehr finden.

Gluck war auf die Minute pünktlich. Der Anwalt – flott sah er aus mit dem Borsalino auf dem Kopf – grüßte ihn herzlich, wenn auch mit einem prüfenden Blick. Sie ließen sich am Granittisch nieder, Romberg servierte Kaffee.

»Ich habe leider wenig Zeit, muss nachher noch rüber zu einem Mandanten ins Westend. Wollte nur kurz berichten, wie es uns in Schaffenfels geht. Falls es Sie noch interessiert.«

Romberg machte eine müde Geste.

Gluck hob an: »Offiziell lässt der Junior nichts verlauten. Aber zu mir ist durchgesickert, dass seine Verhandlungen über den Verkauf an Dreadnought kurz vor dem Ende stehen. Von der alten Firma bleibt praktisch nur ein Auslieferungslager, der Rest wird in alle Welt verscherbelt, vor allem die wertvollen Patente.«

Romberg meinte leise: »Das ist das Ende des Standorts. Köller war das Herz von Schaffenfels, und das seit über 135 Jahren.«

»Keine Firma lebt ewig, hat mir mal die Putlitz gesagt. Für die besteht Schaffenfels aus ein paar lästigen Ureinwohnern mit seltsamen Bräuchen. Die Dame ist übrigens verschwunden.«

»Habe ich auch gehört.«

Gluck schaute angestrengt in seinen schwarzen Kaffee, als verberge der ein kostbares Geheimnis. Nach einer Weile richtete er den Blick auf Romberg. »Zwischendurch hatte ich resigniert. Aber in mir gibt es noch Hoffnung. Die halten uns Schaffenfelser für ziemlich beschränkt, und vielleicht machen sie gerade deswegen einen Fehler. Und dann schlägt doch noch unsere Stunde.«

Romberg sagte nichts. Der Junior war nicht bekannt dafür, Fehler zu machen. Aber sollte der alte Freund seine Illusionen hegen, wenn es ihm guttat.

Gluck fuhr fort: »Da wir gerade dabei sind, lieber Christof. Sie gefallen mir nicht. Sie verkommen ein wenig. Sitzen zu Hause und in den Cafés. Rühren in alten Zeiten rum. Ich weiß – früher war es schöner.«

»So ist es doch.«

»Wir wollen nicht sentimental werden. Die jungen Leute heute haben es viel schwerer. Miese Gehälter für Arbeit ohne Ende, und im Alter wird es ihnen schlechter gehen als uns.«

»Ich weiß. Aber ich eigne mich nun mal nicht zum Frühpensionär.«

»Sollen Sie auch nicht. Die Unbeugsamen sind in die 4. Liga abgestiegen und werden bald weiter nach unten durchgereicht. Wuttke spricht zwar immer von der Mannschaft der Herzen, aber das ist was für Verlierer. Ich will wieder Sieger sehen. Das Geld für eine neue Tribüne treibe ich auch auf. Wollen Sie dem 1. FC 1893 nicht als Präsident dienen?«

Romberg wehrte ab. »Nein, jedes Ende ist mir recht, nur nicht das als Sportfunktionär.«

»Na gut, dann halten Sie sich wenigstens fit. Den Verschönerungsverein können wir in der einen oder anderen Form weiterführen. Im Moment kommen Sie mir vor wie ein verbitterter alter Mann. Bald fangen Sie an, schlecht zu riechen, und laufen mit Flecken auf der Hose herum.«

Plötzlich sprudelte es aus Romberg heraus: »Ich bin in ein tiefes Loch gefallen und weiß nicht, wie ich herauskommen soll.«

»Haben Sie keine Freunde?«

»Das dachte ich mal. Aber die sind mir in den letzten Jahren abhandengekommen. War zu viel in der Firma.«

»Was macht die Familie?«

»Von der lebt niemand mehr.«

Gluck wanderte durchs Wohnzimmer, ging die Buchrücken von Maries Sammlung in den großen weißen Regalen durch und nahm am Fenster eine der leichten Gardinen spielerisch in die Hand. »Hier fehlt eine Frau. Ein totes Gehäuse, in dem Sie wohnen. Keine Blumen, die Einrichtung unverändert seit Jahren. Ich wette, hier gibt es Räume, in denen Sie schon lange nicht mehr waren.«

Romberg fühlte sich ertappt. Ja, so war es. Er kannte das Schlafzimmer und das Bad, meistens saß er im häuslichen Arbeitszimmer oder im großen Wohnzimmer. Das Gästezimmer benutzte niemand, und Maries Zimmer mit dem schwarzen Klavier mied er. »Gut, ich werde die Zugehfrau bitten, für frische Blumen zu sorgen.«

»Nein, gehen Sie selbst auf den Markt und kaufen welche. Hören Sie auf, so rumzuhängen. Mein Gott, materiell geht es Ihnen doch blendend. Machen Sie noch was aus Ihrem Leben!« Gluck leerte seine Tasse und griff sich den Hut. »Nun muss ich aber zu meinem Mandanten. Der braucht dringend Hilfe.«

Der hilfsbedürftige Mandant war eine Mittvierzigerin, eine Rothaarige, mit der Gluck seit zwei Jahrzehnten ein Verhältnis pflegte. Romberg wusste von dem Liebesnest im Frankfurter Westend. Der alte Schlawiner würde ihm fehlen, so wie all die anderen, dachte er, als er unten auf der Straße Glucks königsblauem Jaguar hinterherwinkte.

Am Abend riskierte er vor dem Einschlafen im Arbeitszimmer einen kurzen Blick in den Rechner.

Eine E-Mail von einem »Heinzelmann«. Nie gehört. Romberg begann zu lesen.

Der Herr schrieb: »Die Kampagne Ihres Verschönerungsvereins war ja recht nett bisher, irgendwie rührend. Haben Sie noch etwas in der Hinterhand, etwas Schlagkräftiges?«

Romberg tippte zurück: »Wer sind Sie, was wollen Sie?«

»Na, was wohl. Helfen.«

Romberg war verwirrt. Erlaubte sich da einer einen Jux mit ihm? Doch er ließ sich auf das Spielchen ein. »Wie wäre es mit Ihrem richtigen Namen?«

»Später, alles zu seiner Zeit. Also, was kommt als Nächstes?«

»Gar nichts mehr. Wir wollten Zeit schinden, die Verkaufsverhandlungen stören. Aber der Junior hat uns locker ausgesessen, anscheinend hat er Zeit ohne Ende.«

»Ach wirklich?«

Romberg wurde aufmerksam. »Sehen Sie das anders?«

»Zeit ist das Letzte, was er hat. In exakt 23 Tagen ist für ihn Hexensabbat.«

35. KAPITEL
DEEP THROAT

»Höchst interessant. Da haben wir ja eine Art Deep Throat. Irgendeine Vermutung, wer das sein könnte?«

Romberg zuckte mit der Schulter. »Ich habe keinen blassen Schimmer. Vielleicht ein McKlusky-Berater, den sein Tun reut und der jetzt Sozialarbeiter werden möchte?«

Noch in der Nacht hatte er Gluck aus dem Bett geklingelt und ihm vom »Heinzelmann« erzählt. Nun spazierten sie gemeinsam durch den Lenné-Park in Schaffenfels, um die neue Lage zu bereden.

Gluck schritt gut gelaunt voran. »Wenigstens sind wir wieder im Geschäft, oder?«

Romberg war vorsichtiger. »Das ist ein Strohhalm, an den wir uns klammern. Aber ich klammere halt mal, habe ja sonst nichts zu tun. Immerhin, was mir Heinzelmann berichtete, klang plausibel. Er muss recht nah dran sein am Geschehen in der Villa Köller.«

Der Dialog via Mail hatte sich Romberg ins Gedächtnis gebrannt. »Was meinen Sie mit Hexensabbat?«, hatte er Heinzelmann gefragt.

»In 23 Tagen wird sein Devisentermingeschäft in London fällig.«

»Was für ein Geschäft?«

»Ein Terminkontrakt, bei dem er sich verspekuliert hat.«

»Haben Sie noch mehr Details?«

»Aber gerne doch. Aus der Sicht von Köller war das Termingeschäft eine todsichere Sache. Eigentlich.«

»Und uneigentlich?«

»Sie haben vom Niedergang der türkischen Wirtschaft unter diesem unseligen Präsidenten gehört?«

»Wer nicht.«

»Nun, Köller will vor Monaten aus einer angeblichen Topquelle erfahren haben, dass Saudi-Arabien der Türkei massiv unter die Arme greifen würde. Also hat er darauf spekuliert, dass die türkische Lira deutlich zulegt, sobald das Engagement der Saudis publik wird.«

Romberg hatte geantwortet: »Von den Saudis hat man bis heute nichts gehört. Und der Kurs der Lira fällt weiter ins Bodenlose.«

Heinzelmann hatte erwidert: »So ist es. Zum Hexensabbat in 23 Tagen braucht Köller an die 100 Millionen Euro, um seinen missglückten Terminkontrakt zu erfüllen – die er erfreulicherweise nicht flüssig hat. Was lernen wir daraus?«

Rombergs Herz hatte heftiger geschlagen. »Dass ich den Verkauf an Dreadnought bis dahin blockieren muss, damit der Junior in seiner Not an mich verkaufen muss.«

»So ist es.«

»Das Ganze wundert mich. Köller geht doch sonst sehr überlegt vor. Aber hier spielt er den Hazardeur.«

»Ihm sind in der Vergangenheit einige Spekulationen gelungen. Das hat ihn überheblich und unvorsichtig werden lassen. Er wurde gewarnt, aber er wusste es besser.«

»Ich kann nicht bestreiten, dass mir diese Geschichte außerordentlich gefällt.«

»Jetzt sind Sie wieder am Zug«, hatte Heinzelmann geschrieben und sich dann in die Unendlichkeit des Netzes verabschiedet.

Romberg hatte nur seine E-Mail-Adresse.

Nun setzte sich Romberg mit Gluck auf eine Parkbank. Hoch auf dem Hügel über ihnen thronte Bismarck, bei dem gerade das Gerüst abgebaut wurde.

Der alte Anwalt ließ sich Heinzelmanns Offenbarungen noch einmal durch den Kopf gehen. Er massierte seine Nasenwurzel mit Daumen und Zeigefinger. »Der Letter of Intent, den der Junior und Dreadnought ausgetauscht haben, ist nur eine Absichtserklärung, nichts Bindendes. Aber wie ich Ihnen schon sagte, deutet alles darauf hin, dass der eigentliche Verkauf unmittelbar bevorsteht.«

Romberg ballte eine Faust. »Verdammt. Es muss uns irgendwie gelingen, dass Dreadnought ins Grübeln gerät, dass die zögern, so lange, bis sich sein Zeitfenster schließt und er keine Möglichkeit mehr hat, andere Investoren zu suchen. Dann muss er mein Angebot annehmen.«

Gluck erhob sich. »Genau. Wir müssen ihn in die Würgeschlinge hängen.«

36. KAPITEL
DIE STUNDE DER TAPFEREN

Noch 21 Tage. Aus Schaffenfels nichts Neues. Romberg tigerte unruhig durch die Wohnung in der Eysseneckstraße und schaute alle fünf Minuten in seinen Rechner. Schon legte sich die Dämmerung über Frankfurt, doch in seinem E-Mail-Eingang fand sich nichts. Gleich nach der Begegnung mit Gluck hatte er Heinzelmann geschrieben: »Bitte um erneuten Kontakt. Es eilt!«

Heinzelmann hatte sich rasch gemeldet: »Don't hurry, was eilt denn so schrecklich?«

»Wann wird Köller mit Dreadnought abschließen?«

»Wenn ich das wüsste, hätte ich es Ihnen längst mitgeteilt.«

Romberg war immer nervöser geworden. »Weshalb drückt er bei den Verhandlungen mit Dreadnought nicht mehr aufs Tempo? Er braucht doch dringend den Erlös!«

»Weil er das Maximum herausholen möchte. Er hat gemerkt, dass Dreadnought unbedingt kaufen will. Die wollen ihm einen fetten Zuschlag für das komplette Aktienpaket zahlen, weit über dem aktuellen Kurs. Also reizt er sein Blatt bis zum Letzten aus. Die aktuellen Zahlen der Firma sind ja blendend.«

Romberg war ein Gedanke gekommen. Er hatte geantwortet: »Für ein paar Tage könnte er seine Köller-Aktien beleihen. Er könnte den Hexensabbat überstehen, zahlen und mit Dreadnought weiterverhandeln.«

Als Heinzelmanns Antwort kam, konnte sich Romberg vorstellen, wie der vor seinem Computer grinste. »Das würde nur funktionieren, wenn der Kurs hoch bleibt. Sorgen Sie dafür, dass die Aktie in den Keller rutscht. Dann kriegt er keinen ausreichenden Kredit.«

»Und die Kunstsammlung aus der Kapelle, die ist doch viel wert?«

»Die verkauft sich nicht von heute auf morgen. Und der Erbe fühlt sich ja sicher. Kommen wir lieber zu Ihnen. Haben Sie noch eine Kugel im Lauf?«

»Im Moment leider nicht.«

»Dies ist die Stunde der Tapferen. Lassen Sie sich etwas einfallen.«

»Das habe ich schon mal gehört.«

Seither hatte Heinzelmann geschwiegen.

Romberg hörte auf, alle fünf Minuten in seinen Posteingang zu sehen, und schlenderte auf die Terrasse. Die Nacht war mild, er ließ sich auf einer Liege nieder und starrte in den Himmel. Ich brauche eine Eingebung, und zwar jetzt sofort.

Die kleine Putlitz hüpfte auf seinen Bauch und putzte sich die Vorderpfoten.

Er streichelte ihren Rücken und musterte die schiefergrauen Wolken, die träge am dunklen Himmel trieben. Er schloss die Lider, seine Gedanken trieben mit. Unmerklich formten sich schemenhafte Gestalten. Die dicke Luzie schwebte vorbei. Und plötzlich sah er Köller senior ganz plastisch vor sich, wie er am Art-Déco-Schreibtisch saß, den Füller zückte und konzentriert einen Brief schrieb.

Das könnte es sein! Romberg sprang auf, erschrocken hüpfte die Katze von ihm weg.

Er hastete ins Arbeitszimmer und rief Luzie an. Die Gute war noch wach.

»Liebe Luzie, ein Satz aus unserem Gespräch bei Ihnen im Garten lässt mir keine Ruhe. Der Senior hat Ihnen ausdrücklich die Pflege des Parks an der Villa Köller anvertraut?«

»Richtig. Vor über 20 Jahren. Ich dürfe den Park pflegen, solange ich will.«

»Wie hat er Ihnen das mitgeteilt, können Sie sich noch erinnern?« Romberg hielt den Atem an.

Luzie sagte: »Natürlich erinnere ich mich. Er hat mir damals einen Brief geschrieben, schön von Hand.«

Ja, das war der Alte. Persönliches, das ihm wichtig war, hat er immer handschriftlich fixiert. »Haben Sie diesen Brief noch?«

Quälende Pause.

Dann sagte Luzie: »Solche Sachen habe ich immer meinem Mann gegeben, der hat alles ordentlich abgeheftet.«

»Liebe Luzie, seien Sie umarmt. Bitte suchen Sie den Brief. Ich bin morgen um neun bei Ihnen.«

»Herr Romberg, worum geht es eigentlich?«

»Morgen, liebe Luzie. Morgen erkläre ich es Ihnen.«

Romberg lief zum Rechner und setzte eine neue Mail an Heinzelmann auf. »Die Bitte eines Tapferen: Haben Sie zufällig ein paar Dateien zum Dreadnought-Deal zur Hand?«

Heinzelmann hatte die Dateien parat, Romberg präzisierte seine Wünsche, Heinzelmann lieferte. Gegen Mitternacht spie Rombergs Drucker ein paar Pläne aus, vor allem Grundrisse der Köller-Werke. Romberg breitete sie auf dem Boden seines Arbeitszimmers aus. Er markierte und rechnete, er zeichnete und radierte, er rechnete erneut. Er rekapitulierte, was ihm jüngst Betriebsrat Hemmerle über den letzten Stand der Planung bei der KoellerCom berichtet hatte.

Gegen 3 Uhr nachts ging er zufrieden wie lange nicht mehr ins Bett. Es könnte tatsächlich klappen.

»Welch schöner Coup, welch elegantes Manöver! Grandios!« Gluck konnte sich vor Begeisterung kaum beruhigen, als ihm Romberg in der Kanzlei von seinem Plan berichtete.

Es war am nächsten Tag, kurz vor 9 Uhr, bald musste er zum Brockfeld fahren.

Gluck wurde wieder nüchtern. »Jetzt brauchen wir aber erst mal diesen Brief. Dann kriegen wir den Junior.«

Romberg verabschiedete sich hoch gestimmt. »Keine Sorge. Ich schlage vor, der Verschönerungsverein trifft sich zu einer Eilsitzung heute Abend. 20 Uhr. Diesmal bei Madame Lumpi im Belrose?«

Gluck nickte. »Ich leite das in die Wege. Fahren Sie nun zu Luzie, mit meinen besten Empfehlungen.«

Es war eine rasante Fahrt in die Werkssiedlung. Schwungvoll bog Romberg in die Straße ein, wo Luzie wohnte. Er bremste scharf, ließ die Tür des BMW lässig zuknallen und strebte mit großen Schritten Richtung Haustür. Er fühlte sich wie 29.

Luzie öffnete erst nach dem dritten Klingeln. Sie sah käsig aus und murmelte verdruckst: »Isch find den Brief ned, isch werd noch wahnsinnisch!«

37. KAPITEL
MASCHINENÖL

»Nur mit der Ruhe, liebe Luzie.« Romberg nahm alle Kraft zusammen.

Sie führte ihn in den Garten, wo auf dem Eisentisch ein Frühstück angerichtet war. »Sie müssen meine Johannisbeermarmelade probieren«, sagte Luzie hilflos, als sie sich niederließen.

Doch der Appetit war ihm vergangen. Er blinzelte in die Sonne, deren kräftiges Leuchten ihm unverschämt vorkam. Er fragte: »Wissen Sie denn, wo Ihr Mann den Brief abgelegt haben könnte?«

»Diese Dinge hat Martin immer zu seinen Firmenunterlagen getan. Nach seinem Tod kamen die alle in einen Koffer.«

»Und wo ist der Koffer?«

Sie wies nach hinten und schaute zerknittert. »Im Gartenhäuschen. Ich habe den ganzen Koffer durchsucht, dreimal. Nix. Isch kriech noch die Krätz.«

Da kam Eisele aus dem Haus gewatschelt. Er trug nun ein Holzfällerhemd, das ihm bis zu den Knien reichte.

»Einen guten Morgen, Herr Diplomingenieur.«

Eisele grüßte zurück und blieb vor dem Tisch stehen. »Schön, Sie so bald wiederzusehen, Herr Romberg.« Fragend blickte er die beiden an. »Stimmt etwas nicht?«

»Ich hätte schwören können, dass er in dem Koffer ist«, sagte Luzie zu Romberg.

Eisele räusperte sich. »Hm, meinen Sie den alten braunen Koffer, der neben dem Rasenmäher steht?«

Luzie fuhr hoch. »Ja. Haben Sie damit was zu schaffen?«

Eisele schürzte die Lippen, er wand sich und sagte leise: »Vvvor sechs Tagen, da hatte ich nachts einen Einfall zum Antriebsmodul für Karl Gustaf. Mmmusste schnell was skizzieren, hatte aber kein Papier.«

»Ja und?«, fragten Luzie und Romberg gleichzeitig.

»Dann bin ich in den Schuppen, ich wollte Luzie nicht stören. Da sah ich den Koffer, der war halb aufgestanden.« Eisele schnurrte zusammen und wisperte: »Verstehen Sie doch, ich hatte die Idee, die musste ich sofort festhalten, so geht das immer, sonst ist der Einfall – schwupps – weg, wissen Sie …«

»Isch glaabs net«, stöhnte Luzie.

Eisele schaute sie waidwund an. »Deshalb habe ich ein paar der alten Blätter genommen, die aus dem Koffer lugten.« Er wölbte die Schultern und wartete auf den Schuldspruch.

Stattdessen erhob sich Romberg und herzte ihn. »Großartig, mein Genie! Wie ich Sie kenne, haben Sie alle Aufzeichnungen noch präsent?«

Eisele entgegnete gespreizt: »Natürlich. Ich dokumentiere jeden Entwicklungsschritt.«

Romberg sprang auf und schob den Dipl.-Ing. in das Gartenhäuschen, mit Luzie im Schlepptau.

Nach einer Minute hielt er den Brief von Köller senior an Luzie in Händen. Er las ihn andächtig. Einmal, zweimal. Eine Passage war durch einen Tupfer Maschinenöl unlesbar geworden, aber sie war nicht zentral. Ansonsten war alles da, schön mit Unterschrift. Vorsichtig faltete Romberg das Blatt, als sei es die Goldene Bulle, und schob es in seine Brusttasche.

Er atmete tief aus und ließ sich wieder am Eisentisch nieder. Er schnupperte den Duft des Kaffees, blinzelte in die strahlende Sonne und sog die seidig-frische Luft in sich hinein. Der perfekte Augenblick, das schiere Glück!

Während er zwei Brötchen mit Johannisbeermarmelade vertilgte, sagte er aufgeräumt zu Luzie: »Es ist zwar noch früh, aber jetzt wäre Champagner fällig.«

Luzie schüttelte den Kopf. »Nein, bei mir gibt es höchstens Holunderbeersaft. Der Herr Eisele kann gar nicht genug davon bekommen.«

Eisele nickte ergeben und verzog sich ins Gartenhäuschen.

Romberg rief Gluck an und berichtete vom Herzschlagfinale. »Als ich kam, war der Brief verschollen.«

»Welche Tragödie!«

»Doch dann erschien Eisele.«

»Was macht der denn bei Luzie?«

»Das erkläre ich später. Jedenfalls hat er wegen Karl Gustaf …«

»Christof, Sie machen mich wahnsinnig!«

Romberg schwieg zwei Sekunden, bevor er die Katze aus dem Sack ließ. »Wir haben den Brief.«

Gluck war nahezu hysterisch vor Erleichterung. »Mein Bester, dafür rutsche ich auf den Knien einmal nach Frankfurt und zurück. Und für Eisele werde ich künftig jeden Abend beten, auch wenn mir seine Rolle völlig unklar ist.«

»Beten Sie lieber, dass wir nicht zu spät dran sind. Ich rede mit Luzie. Passt das für Madame Lumpi heute Abend im Belrose?«

»Madame fühlt sich geehrt, und der gesamte Verschönerungsverein ist schon höchst gespannt.«

Luzie hatte ihre rosige Gesichtsfarbe wiedererlangt, ihre konischen Beine scharrten ungeduldig im Gras unterhalb des Tisches. Sie fragte: »Erzählen Sie mir jetzt, was Sie vorhaben?«

Das tat Romberg. Eine halbe Stunde lang.

Sie hörte genau zu und wiegte dann den Kopf. »Sie meinen wirklich, das große Geschäft klappt nicht, wenn ich Nein sage?«

»So ist es.«

»Das glaube ich nicht.«

»Tun Sie's einfach.«

»Aber das wird schwer, gegen den jungen Herrn Köller, gegen das viele Geld.«

»Wir zusammen schaffen das.«

»Schwören Sie, dass die mir den Park nicht wegnehmen können?«

»Mein Ehrenwort.«

Sie seufzte. »Na gut. Dann will ich Ihnen mal glauben. Ich muss das alles erst verdauen. Wie werden die reagieren?«

»Die werden Ihnen Geld anbieten. Am Anfang ein Trinkgeld, später sehr viel mehr. 100.000, 200.000, am Ende gar eine Million.«

Luzie riss die Augen auf. »Ach Gott, und das alles für ein paar Beete?«

»Sie werden sich noch wundern.«

»Und was können *Sie* für mich tun?«

»Sie behalten Ihren Park, und auch sonst bleibt alles beim Alten. Die Firma bleibt bestehen, und Schaffenfels geht es wieder gut. Ihrem Schaffenfels, liebe Luzie.« Er fügte hinzu: »Mit der Gegenseite können wir nicht mithalten. Aber wenn Sie ein paar Wünsche haben, sind wir für Sie da.«

Sie blinzelte. »Wissen Sie, ich bin über 70, ich habe keine Kinder, ansonsten aber alles, was ich brauche.« Eingehend betrachtete sie ihr hinfälliges Gartenhäuschen, kratzte sich an der Nase und murmelte: »So viel Geld, du meine Güte!«

38. KAPITEL
OPERATION SICHELSCHNITT

Der Strahler über dem Hintereingang des Belrose setzte Madame Lumpi blendend in Szene. Sie trug etwas Züchtiges aus Leder, hauchdünn und rot. Sie stand in der Tür wie eine schöne Skulptur. Schade, dass es damals mit ihnen nicht funktioniert hatte, dachte Romberg bei der Begrüßung. Aber sie waren ohne Groll auseinandergegangen.

Sie küsste ihn auf die Wangen. »Mon cher, willkommen. Ich hoffe, ich begrüße einen Sieger.«

Gemeinsam stiegen sie eine Treppe hoch, die in ihre Privatgemächer führte, und betraten das Büro von Madame Lumpi, es war dreimal so groß wie Rombergs Raum in der Villa Köller. Eine elegante Riesensuite wie auf einem teuren Kreuzfahrtschiff, mit weißen Möbeln auf poliertem Granit, an den Wänden ein paar Abstrakte.

Vom Verschönerungsverein waren schon alle da und nippten gerade am Aperitif. Romberg drückte jedem die Hand und spürte die gute Stimmung; seine Pfadfinder hatten offenbar wieder Mut gefasst.

Madame Lumpi bat an den großen ovalen Tisch in der Mitte des Raums. »Messieurs, gönnen wir uns zunächst ein kleines leichtes Diner und kommen danach zur Sache.«

Ein Ober trat ein, als Vorspeise gab es ein Kürbissüppchen, dann Seezunge mit Trauben und einen Chablis aus Beaune.

Besser als auf der Kegelbahn, dachte Romberg beim abschließenden Espresso, zu dem süße Kreationen gereicht wurden, die sich Madame Lumpi stets vom Chocolatier Rebert aus Wissembourg im Elsass kommen ließ.

Der Ober schloss sanft die Tür, und Romberg eröffnete die Sitzung. »Meine Dame, meine Herren – unsere Sache ist noch nicht verloren.«

Er berichtete zunächst über Heinzelmann und die unverhofften Nöte des Erben.

Bürgermeister Wuttke fragte: »Und wer ist dieser Heinzelmann?«

»Wissen wir nicht, aber er kommt uns seriös vor. Jedenfalls glauben wir daran.«

Journalist Froloff wiegte den Kopf. »Das sind ja schöne News. Was jedoch soll Köller junior daran hindern, morgen die Firma an Dreadnought zu verkaufen? Vorbei an uns?«

Romberg griff zu seiner Aktentasche, die er unter dem Tisch abgestellt hatte. Aus einer Klarsichtfolie zog er den Brief von Köller senior an Luzie und hielt ihn triumphierend in die Höhe. »Das da.«

Große Augen, offene Münder.

»Sie erlauben mir, dass ich den Brief verlese«, sagte Romberg.

Als er begann, hatte er den Alten vor Augen, mit zerfurchter Stirn und einem Anflug von Resignation. Romberg las vor, wie Köller seinen verdienten Meister Martin Bazinek rühmte, der beim Großbrand die Halle A nebst den wertvollen Maschinen gerettet hatte. Den Flecken mit dem Maschinenöl übersprang Romberg, um auf die zentrale Passage zu kommen. »Ich mache bisweilen eine Pause im Park unter den schönen alten Kastanien und bei den Buchsbäumen. Es ist immer eine Augenweide, wie Sie die Beete zum Leuchten bringen. Ihre Rosen möchte ich nicht missen. Liebe Frau Bazinek, Sie können diesen Park und die Beete weiterpflegen und nutzen, auch wenn ich nicht mehr bin. So lange, wie Sie möchten.« Romberg blickte bedeutungsvoll in die Runde.

Es war still, die meisten rätselten.

Wuttke brach das Schweigen. »Grün liegt mir immer am Herzen, aber wie bringen uns die Bäume und Beete weiter?«

Heiter ließ Gluck den Blick über den Tisch kreisen, schaute von einem zum anderen, betrachtete sie wie eine Schulklasse. Na, wer kam als Erster drauf? Romberg ließ ihm den Spaß.

Dann sagte Gluck: »Herr Romberg wird uns das jetzt genauer erklären.«

Romberg nickte und förderte aus der Aktentasche einen großen Plan zutage. Er breitete ihn auf dem Tisch aus. Es war der Grundriss des Firmengeländes mit zahlreichen farbigen Schraffuren und Balken, die Romberg in der letzten Nacht eingezeichnet hatte. Luzies Park hatte er in Knallgrün markiert.

»Wie Sie wissen, soll aus den Köller-Werken ein Industriepark entstehen. Ein Kern des Konzepts ist die Ansiedlung des Handyherstellers Nuxia. Die wollen auf dem Areal eine vollautomatisierte Produktionsstätte und ein großes Auslieferungslager errichten. Hinzu kommt dieser Internet-Buchhändler.« Er zeigte auf den blauen Balken von Nuxia, der sich mitten durch das grüne Reich von Luzie zog, und fuhr fort: »Die jetzigen Gebäude sind dafür nicht ausgelegt. Nuxia braucht eine neue, riesige Halle für den reibungslosen Materialfluss von der Produktion bis hin zum Auslieferungslager. Stimmt das so, Herr Hemmerle?«

Der nickte. »Das ist der letzte Stand.«

»Ja und?«, fragte Wuttke.

»Mein Lieber, die neue Halle von Nuxia wird direkt durch die Beete von Luzies Park verlaufen. Anders geht es nicht wegen der Versorgungslinien für die Energie, wegen des Gleisanschlusses. Die brauchen den Park. Und die Zeit, das Ganze noch umzuplanen, hat Köller nicht mehr.«

Gluck hob einen Finger. »Und unsere Luzie ist die Herrin der Beete. Wenn sie es nicht will, passiert dort gar nichts. Luzie hat vom Senior schriftlich, dass sie den Park nutzen darf.«

Rund um den Tisch sickerte langsam Erkenntnis in die Köpfe. Doch Bürgermeister Wuttke mäkelte: »Ist das nicht ein bisschen schwach, so ein altes Briefchen?«

Gluck blies die Wangen auf. »Keineswegs, mein Verehrtester. Dieser Brief an Luzie wirkt rechtlich wie ein Pachtvertrag. Der gilt, solange sie lebt. Wenn mir Luzie ein Mandat gibt, woran ich nicht zweifle, kann ich das Dreadnought-Konzept durchkreuzen. Wir fangen mit einer einstweiligen Verfügung an, und dann bediene ich mich aus dem kompletten Instrumentenkasten. Ich mache denen Ärger ohne Ende, das kann Jahre dauern. Das wird der Junior nicht zulassen. Also muss er mit uns sprechen.«

Froloff fasste sich an die Nase. »Hat der Junior für Dreadnought keine Alternativen? Zum Main hin ist auf dem Werksgelände doch Platz.«

Gluck lächelte überlegen. »Sicher, aber dieses Areal darf aus Gründen des Hochwasserschutzes nicht bebaut werden. Schon der Senior wollte dort erweitern, das hat die Untere Wasserbehörde jedoch untersagt. Damals fand ich das schwachsinnig, heute preise ich die behördliche Weitsicht.«

»Und wenn der Junior oder Dreadnought angrenzendes Gelände kaufen?«

»Zur Wohnsiedlung Am Brockfeld hin liegen Kleingärten, die hat die Stadt langfristig verpachtet. Richtung Rosenhöhe gibt es auch städtische Grundstücke. Die werden Sie aber sicher nicht verkaufen, lieber Herr Bürgermeister, oder?«

Wuttke warf sich in die Brust. »Nur über meine Leiche!«

Froloff hakte erneut nach. »Ich glaube es immer noch nicht. Die können den Industriepark doch auch woanders bauen.«

Romberg schaltete sich ein. »Das ist nicht so einfach. Schaffenfels ist ein vorzüglicher Standort, der Name steht ebenso wie Köller für Qualität. Und ein paar Köllerianer brauchen die Neuen ja auch. Wir liegen zentral, mit bester Infrastruktur. Die Autobahn ist nur zwölf Kilometer entfernt, das Werk hat Gleisanschluss.«

Im Pferdegesicht arbeitete es. »Und was wird Köller unternehmen?«

Romberg erwiderte: »Das, was er immer macht – Geld einsetzen. Er wird versuchen, Luzie zu kaufen. Den Pachtvertrag abzulösen. Er muss das machen, sonst kann er nicht rechtzeitig an Dreadnought verkaufen.«

Die Mienen gefroren. Wuttke sprach klagend aus, was alle dachten: »Die fällt doch um, sobald die Summe stimmt. Ich fürchte, wir haben mit Zitronen gehandelt.«

Gluck hob beide Hände. »Das wird Köller auch glauben. Schiebe ich der komischen Alten ein paar Euros zu, und dann hat sich die Sache. Da kennt er unsere Luzie nicht. Sie ist in Schaffenfels geboren, sie ist eine Köllerianerin, sie ist eine von uns. Sie lässt sich nicht kaufen, wenn wir es richtig anstellen.«

Der Ober brachte einen Edelschnaps aus dem Elsass, und plötzlich redeten alle durcheinander.

Romberg stand auf, und es kehrte sofort Ruhe ein. »Auch mein Eindruck ist, dass Luzie den Park und die Beete behalten möchte«, sagte er. »Sie will, dass alles so bleibt, wie es ist. Wie wir auch.«

Prasselnder Beifall.

Gluck ergriff das Wort. »Ich werde Luzie morgen früh unter meine Fittiche nehmen. Der Verschönerungsverein sollte aber begleitend aktiv werden.«

Romberg nickte Richtung Froloff. »Wir müssen das Ganze buchstäblich an die große Glocke hängen, lieber Froloff. Erwärmen Sie bitte auch BUMS für das Thema. Die Sache muss sofort an die Öffentlichkeit, alle Welt soll wissen, dass Köller vor einem vertrackten Problem steht. Das wird Dreadnought nicht gefallen und der Börse auch nicht.«

Froloff war begeistert. »Ich greife noch heute Nacht in die Tastatur. Übrigens, bei feindlichen Übernahmen vereinbaren die Beteiligten gerne ein Codewort. Das sollten wir uns auch gönnen. Gibt es Vorschläge?«

Gluck meinte spontan: »Wie wäre es mit ›Operation Sichelschnitt‹? Angriff auf einem Terrain, wo es niemand erwartet?«

Keine Einwände, die Runde begann sich aufzulösen. Romberg drückte erneut jedem bedeutungsvoll die Hand,

Madame Lumpi bekam einen Kuss auf die Porzellanwange.

Auf dem Parkplatz vor dem Belrose empfing sie klare Nachtluft. Ehe Gluck in seinen Jaguar stieg, fragte er Romberg: »Schön, wie unsere Truppe wieder Tritt gefasst hat. Doch unter uns – was war Ihr Eindruck von Luzie? Können wir mit ihr definitiv rechnen?«

Romberg hob die Schulter. »Wir haben eine gute Chance, dass sie mitzieht. Aber garantieren kann ich nichts. Sie kennen sie ja viel länger als ich.«

»Das stimmt. Wenn mich meine Menschenkenntnis nicht gänzlich im Stich lässt, haben wir sogar eine sehr anständige Chance. Der Blick in die letzten Verschraubungen von Luzies Seele ist jedoch auch mir verwehrt. Ich werde mein Bestes geben, um sie zu konditionieren.«

Romberg wurde plötzlich flau im Magen. Er sah noch einen langen Weg vor sich, auf dem er weiter zittern und zagen musste. Kurz entschlossen schaltete er auf Optimismus um und fragte Gluck: »Wissen Sie, wer den Junior bei den Verhandlungen mit Dreadnought juristisch begleitet?«

»Die Kanzlei Kreiß, Woppenstedt und Partner. Hocken natürlich in Frankfurt.«

Romberg lachte. »Das sind Spitzenanwälte. In ihren Vertragsentwurf ist sicher sehr viel Harvard-Expertise eingeflossen. Und dann scheitert möglicherweise alles an ein paar Buchsbäumchen. Ist das Leben nicht schön?«

Gluck legte eine Hand auf Rombergs Schulter. »Ich darf doch weiterhin davon ausgehen, dass meine Kanzlei das Mandat erhält, wenn Sie zum Zuge kommen?«

»Selbstverständlich! Wer denn sonst?«

»Gut, dann kann ich auf unseren alten Entwurf von vor einem Jahr zurückgreifen. Wir müssen nur das Datum ändern.«

Romberg wurde übermütig. »Und den Kaufpreis nach unten korrigieren. Weit nach unten.«

39. KAPITEL

EHRENPLAKETTE IN GOLD

»Jetzt müssen wir es nur noch richtig anstellen«, sagte Gluck und jonglierte mit seinem Montblanc.

Romberg war bei ihm in der Kanzlei und stand am Fenster, es war 11 Uhr. Gleich würde Luzie erscheinen.

Der Anwalt kam ins Grübeln. »Erinnern Sie sich an das gescheiterte Hochhausprojekt direkt neben dem Frankfurter Hauptbahnhof? Eine Sache aus dem vorigen Jahrtausend.«

»Dunkel. Es wurde aus irgendeinem Grund nie gebaut.«

»Richtig. Eine Anwohnerin erteilte nicht die notwendige Nachbarschaftsgenehmigung. Man hat ihr Millionen geboten, aber sie wollte nicht. Sie hatte einfach keine Lust auf einen Wolkenkratzer direkt vor ihrer Nase. Das Geld war ihr schnuppe. Eine herrliche, eine souveräne Entscheidung.«

Die Bürotür ging auf. »Frau Bazinek ist da«, sagte die Sekretärin.

Luzie erschien in einem blauen Kostüm aus der sehr frühen Neckermann-Ära.

Gluck schälte seinen tonnigen Körper aus dem Stuhl und gab ihr einen Handkuss.

Verlegen entzog sie ihm ihre Hand. »Herr Glugg, jetzt mache se doch kaa Ferz.«

Romberg grinste. Aber Gluck hatte recht. Luzie war im Moment die wichtigste Person von Schaffenfels. Die Erde drehte sich nicht mehr um die Sonne, sondern um Luzie.

Luzie hatte Gluck zwei Gläser mit eingemachten Quitten mitgebracht. Der Anwalt dankte überschwänglich für »diese Köstlichkeit« und platzierte die Einmachgläser vorsichtig auf dem Besprechungstisch in der rechten Ecke seines Büro. Dorthin lotste er auch seine Gäste. Die Sekretärin servierte Kaffee.

Gluck sagte: »Längst nicht so gut wie Ihrer, liebe Luzie, aber wir sind strebend bemüht.« Er richtete den weißen Schreibblock gerade, der ebenso vor ihm lag wie der Montblanc, faltete die Hände und blickte Luzie mit warmen Augen an. »Ganz Schaffenfels schaut auf Sie.«

Luzie rutschte unruhig auf ihrem Stuhl hin und her. »Das ist mir gar nicht recht.«

Begütigend hob Gluck eine Hand. »Das ist doch eine wundervolle Sache. Nun, Herr Romberg hat Ihnen ja bereits erklärt, worum es geht.«

»Ja, aber ich kann es immer noch nicht glauben.«

Gluck umriss das Thema erneut und fasste dann zusammen: »Kurz gesagt – der Junior wird versuchen, Ihnen die Verfügung über den Park abzukaufen. Wenn Sie Nein sagen, egal was er bietet, bleibt alles beim Alten.«

Luzie nickte stumm.

Gluck wurde weihevoll. »Das wäre Ihrerseits eine noble Geste, wahrhaft eine Großtat. Sie würden auf ein Vermögen verzichten. Aber ganz Schaffenfels wäre Ihnen zu ewigem Dank verpflichtet.«

Luzie sagte immer noch nichts.

Gluck hob die Stimme. »Ein Platz im Geschichtsbuch der Stadt wäre Ihnen sicher, liebe Luzie. Noch in 100 Jahren würde jedes Schulkind Ihren Namen kennen. Kann mir gut vorstellen, dass auch eine Straße nach Ihnen benannt wird.«

Luzie rubbelte scheu an einem Kostümknopf.

Gluck wurde eindringlicher. »Ich habe mit Bürgermeister Wuttke gesprochen. Er denkt über die Ehrenplakette der Stadt für Sie nach. Das wäre auch das Mindeste.«

In Luzies Züge kam Leben. »Die Ehrenplakette in Silber?«

»Ach was, natürlich die in Gold!«

Ihre Augen glänzten.

Gluck wechselte die Tonlage, das Krötengesicht verzog sich schmerzlich. »Andererseits sind Sie völlig frei in Ihrer Entscheidung. Das viele Geld ... Wer könnte da widerstehen? Wir sind alle nur Menschen. Also, niemand könnte es Ihnen verdenken, wenn ...«

Luzie blieb stumm.

»Wer würde den ersten Stein werfen? Ich nicht. Sie etwa, Herr Romberg?«

Der murmelte: »Natürlich nicht.«

Gluck bedachte Luzie mit einem Blick, in dem das Weltverstehen schlechthin lag. »Wenn Sie also ...«

Luzie protestierte: »Ich will aber ...«

Gluck unterbrach sie. »Nein, nein, wir Schaffenfelser müssten das, wenn es so käme, in Gottes Namen hinnehmen.« Seine Stimme wurde brüchig, die letzten Worte waren nur gehaucht, sie verloren sich in der Kanzlei. Eine Ahnung von tiefem Leid und Untergang erfüllte den Raum. Gluck beugte sich flüsternd vor und nahm ihre Hände. »Liebe Luzie, wir würden dieses Schicksal zu tragen wissen ...«

Luzie entriss Gluck ihre Linke und hieb damit auf den Tisch, dass die Quittengläser zitterten. »Jetzt isses abber gud. Isch will doch kaa Geld vom Herrn Köller. Isch will mei Bäum unn mei Blumme behalde!«

Gluck ergriff den Montblanc und sagte geschäftsmäßig: »Gut, dann bringen wir die Formalien hinter uns.«

40. KAPITEL
BUMS KAUFT KANINCHEN

Der Brief, den Gluck gegen 13 Uhr per Bote an den Junior in die Villa Köller schickte (»Eilt«, »Persönlich« und »Gegen Quittung«), war kurz und kalt. Im Namen seiner Mandantin Luzie Bazinek erhob er Einspruch gegen ihre Vertreibung aus dem Park und begründete ihren Anspruch auf einen lebenslangen Nießbrauch. Vorsorglich warnte er vor Verträgen mit Dritten zu ihren Lasten. Den Brief des Alten hatte Gluck ein Dutzendmal kopieren lassen, das Original ruhte in seinem Safe.

Am nächsten Tag noch immer keine Reaktion. Romberg hatte sich in den Brinkmann-Stuben wieder ein Zimmer genommen. Gegen Nachmittag sah er eine schwere Limousine mit Frankfurter Kennzeichen Richtung Villa Köller fahren.

Gluck meldete sich. »Der Junior brütet sicher über meinem Schriftsatz. Hat wohl erst gelacht über Luzie und ihre Beete. Dann hat er seine Anwälte kommen lassen. Und jetzt lacht er nicht mehr.«

Anderntags schlenderte Romberg mit Gluck über den Wochenmarkt auf dem St.-Helena-Platz. Der Duft frischer Bratwürste wehte durch die Gassen, dazu der von heißen Maroni. Romberg hatte wieder einmal das heimatschwere Gefühl.

Während Gluck ein Kilo Trauben erstand, sagte Romberg: »Lieber Paul, das war sehr gekonnt mit Luzie.«

Gluck blinzelte zurück. »Ja, ich war ziemlich gut.«

»Aber wir dürfen sie nicht benutzen. Das liegt mir auf der Seele.«

Gluck kaufte noch vier Äpfel und strebte Richtung Bratwurststand. Dort bestellte er zwei Würste nebst Brötchen und Senf für sie beide. Er musterte behaglich das Treiben auf dem Wochenmarkt, während sie sich über die Würste hermachten. Dann sagte er: »Selbstverständlich müssen wir etwas für Luzie tun. Das ist auch für mich eine Herzenssache. Luzie hat sicher ein paar Wünsche, die wir ihr erfüllen können. Der Verschönerungsverein hat noch etwas Geld in der Kasse. Sonst zahle ich das privat.«

Romberg schluckte seinen letzten Wurstzipfel hinunter. »Oder ich. Was meinen Sie, wird sie auch nicht umfallen?«

Gluck wischte sich die Hände an einer Papierserviette ab. »Ich bin mir ziemlich sicher. Aber Luzie kann sehr eigenwillig sein. Ein Restrisiko bleibt immer.«

Wieder wuchs Nervosität in Romberg. Er fragte Gluck: »Wann wird sich der Junior melden? Die Uhr tickt.«

Gluck war gelassen. »Er wird sehr bald reagieren, reagieren müssen. Dann lassen wir ihn garen. Wenn er richtig durch ist, wird er sich danach sehnen, Ihnen die Köller-Werke verkaufen zu dürfen.«

Am Nachmittag machte die Gegenseite ihren ersten Zug. Ein Schreiben, ebenfalls per Bote, an Gluck. Ob man sich – obwohl völlig abwegig, rechtlich unerheblich und nur aus reiner Kulanz gegenüber der verdienten Ex-Mitarbeiterin Luzie Bazinek – bei 5.000 zur Ablösung des Nießbrauchs einigen könne.

Gluck, Romberg und Luzie trafen sich am Abend in der Kanzlei, um das Schreiben von Kreiß, Woppenstedt und Partner zu studieren.

Luzie fühlte sich persönlich beleidigt. »Denen bin ich aber wenig wert.«

Gluck pflichtete ihr bei. »Eine Frechheit, in der Tat. Doch die werden noch viel höher gehen. Mit jeder Stunde wird deren Not größer. Vor allem, wenn der Junior den Kollegen von Kreiß, Woppenstedt und Partner erklären muss, weshalb es ihm so eilig ist.«

24 Stunden später legte Froloff in der »Glocke« nach. »Das Vermächtnis von Köller senior – Was sagt Dreadnought?« hieß sein Bericht. Auch BUMS stieg wieder ein und titelte blutrot: »Hände weg von unserer Luzie!«

Die Börse reagierte nervös. Keiner in den Türmen der Frankfurter City hatte je von Luzie, der Gärtnerin, gehört, aber man witterte Unheil.

Zufrieden studierte Romberg die aktuellen Kurse. Die türkische Lira sackte weiter ab, ein Ende der Abwärtsbewegung war nicht in Sicht. Sehr schön.

Am Abend stattete er Froloff einen Besuch in der Redaktion ab, die »Operation Sichelschnitt« brauchte weiter Tempo. Am Kanonenofen hockte ein Kollege Froloffs, der Wühler von BUMS. Ein kleiner Dicker mit lebendigen Augen hinter der Brille.

Er begrüßte Romberg umtriebig. »Die alte Neidnummer mit Köller und dieser Putlitz war ausgelutscht. Aber jetzt haben wir Luzie, einen Rohdiamanten. Ein Gewächs des Volkes, wundervoll!«

Froloff grinste. »BUMS möchte eine Homestory mit Luzie machen. In ihrem eigenen Gärtchen, mit Quittengelee, den Karnickeln und dem ganzen Gedöns.«

»Luzie hält keine Kaninchen mehr«, meinte Romberg.

Der Dicke winkte ab. »Dann kaufen wir ihr welche. Tiere ziehen immer.«

Zufrieden verließ Romberg die beiden. Froloff und BUMS würden ihr Bestes geben. Er hatte noch einen Termin drei Häuser weiter. Dort hatte er für Eisele eine hübsche Zweizimmerwohnung gefunden, die sie jetzt besichtigen wollten.

Eisele wartete schon auf der Straße. Er war bei Luzie rasch zu Kräften gekommen und sah wieder recht manierlich aus in den sauberen Jeans und dem Jackett über einem blütenweißen T-Shirt.

»Nie wieder Holunderbeersaft«, sagte er zur Begrüßung.

Romberg runzelte misstrauisch die Stirn, doch Eisele beschwichtigte: »Mineralwasser tut es auch.«

Romberg hatte für Eisele seinen grünen TR6 in der Auto-Pfandleihe in Frankfurt ausgelöst und dem Genie das Versprechen abgenommen, »Uhrtürmchen« und Cassella-Eck zu meiden. Außerdem würde er regelmäßig zum Meeting der Anonymen Alkoholiker im Pfarrhaus in der Sperlingsgasse gehen. »Sie treffen dort ein paar nette alte Bekannte«, hatte Romberg gesagt. Er hatte schon einige aus den Köller-Werken ins Pfarrhaus geschickt, meist mit Erfolg. Vorsichtshalber würde auch Froloff drei Häuser weiter ein Auge auf ihn haben.

Die Wohnung sagte Eisele zu, der mittlerweile in die »Operation Sichelschnitt« eingeweiht war.

Als sie wieder auf der Straße waren, fragte er: »Und

wann kann ich mit Karl Gustaf zurück in mein Technikum?«

»Langsam, mein Freund. Wir haben gute Karten, aber wir haben noch nicht gewonnen.«

Auf seinem Zimmer in den Brinkmann-Stuben rief Romberg die E-Mails ab. Heinzelmann hatte sich gemeldet. »Chapeau! Große Klasse, wie Sie diese Luzie aus dem Zylinder gezaubert haben.«

Romberg schrieb zurück: »Man dankt. Wollen Sie sich nicht endlich materialisieren?«

»Warum? Die Sache ist bei Ihnen doch in besten Händen.«

Zwischen Kreiß, Woppenstedt und Partner und der Kanzlei Dr. Gluck waren nun die Boten unterwegs, hin und her. Das Angebot kletterte von 5.000 auf 10.000 bis 50.000. Luzie ließ Nein sagen, die Gegenseite verfiel in Schweigen.

Dann wurde Luzie ein Traumgrundstück offeriert, 1.500 Quadratmeter auf der Rosenhöhe mit erlesenem altem Baumbestand, prächtigen Anpflanzungen und einem opulenten Gewächshaus.

Gluck schnalzte mit der Zunge, als sie zu dritt in der Kanzlei beisammensaßen. »Guter Schachzug. Wenn die könnten, würden sie Ihnen, liebe Luzie, sogar die Insel Mainau kaufen.«

Luzie seufzte. »Die Rosenhöhe … Schön ist es dort. Und auf die Insel Mainau wollte ich schon immer mal.« Ein Hauch von Begehrlichkeit zeichnete sich in ihren Zügen ab.

Gluck wie Romberg wurde unbehaglich.

Luzie legte den Kopf schräg. »Ich habe das schon mal gefragt: Was wollen eigentlich *Sie* für mich tun?«

Schuldbewusst blickte Romberg zu Gluck hinüber. Sie hätten das Thema längst ansprechen müssen. Er hob an: »Sie haben völlig recht, das müssen wir jetzt klären.«

Sie kramte in ihrer Handtasche und förderte einen Zettel zutage. »Ich habe was aufgeschrieben, vielleicht passt das.«

»Nur zu, liebe Luzie«, ermunterte Gluck sie.

»Also, ich hätte gerne einen Laubsauger, aber einen, der keinen Lärm macht. Und mein privates Gartenhäuschen muss auch in Schuss gebracht werden.«

Romberg strich ihr lächelnd mit der Hand über die Schulter. »Kriegen Sie alles. Oder wie wäre es mit einem neuen Gewächshaus? Außerdem fahren wir beide auf die Insel Mainau.«

Ihre Augen leuchteten. »Oh ja, das wäre toll.«

Gluck fragte sanft: »Was können wir noch für Sie tun?«

Sie zögerte. »Da wären noch zwei Kleinigkeiten.« Luzie blickte Romberg listig an. »Den Park würde ich gerne etwas vergrößern. Rund um die Villa. Geht das?«

Romberg dachte keine Sekunde nach. »Natürlich.«

»Also so richtig rund um die Villa?«

»Aber ja, Hauptsache, das Werk hat noch Platz.«

Gluck fragte: »Und die zweite Kleinigkeit?«

Sie murmelte: »Sie sagten was vom Herrn Bürgermeister …«

»Die Ehrenplakette in Gold meinen Sie? Die ist so gut wie gegossen. Wir machen eine feierliche Ehrung im Rathaus.«

Luzie strahlte.

Gluck fragte leise: »Kann ich dann der Gegenseite antworten?«

Luzie richtete sich auf. »Klar doch, nix Rosenhöhe.«

Gluck diktierte seiner Sekretärin schnell ein paar eisige Zeilen. Im Vorraum wartete schon der Bote, der den Brief überbringen würde.

Luzie verabschiedete sich, während Romberg noch blieb.

»Was wird der Junior jetzt tun?«, fragte er Gluck.

»Er wird seine Anwälte zurückpfeifen und sich direkt an uns oder Luzie wenden.«

Wieder überkam Romberg die Unruhe. »Meinen Sie wirklich, wir schaffen es?«

41. KAPITEL
IM LEHMTOPF

Am nächsten Tag kam weder ein neues Angebot von Kreiß, Woppenstedt und Partner noch vom Junior, auch nicht tags darauf. Romberg wartete in der Eysseneckstraße. An diesem Morgen lief er vom Arbeitszimmer raus auf die Terrasse und zurück, er hatte sich Tee gekocht und schlürfte ihn kannenweise. Diese verdammte Ruhe! Luzie war per Telefon nicht erreichbar, Gluck wusste auch nicht, wo sie steckte.

Romberg schaute zum dritten Mal in seinen Terminkalender. Da stand es rot markiert: Der Erbe hatte noch neun Tage bis zum Hexensabbat. Romberg checkte die Kurse an der Frankfurter Börse, die türkische Lira war weiter im Sinkflug.

Am Nachmittag verließ Romberg die Geduld. Er bestieg den BMW und fuhr nach Schaffenfels in die Siedlung Am Brockfeld. Er klingelte bei Luzie. Nach dem siebten Klingeln gab er auf.

Er fuhr Richtung Villa Köller und parkte in einer Seitenstraße. Wie ein Dieb schlich er sich in den Park der Villa, von Luzie keine Spur. Sie ging immer noch nicht ans Telefon.

Die Stille machte ihn langsam verrückt, es tat sich nichts, rein gar nichts. Romberg kam es vor, als ob er in einem Riesentopf mit zähem Lehm gelandet war und sich vergeblich mühte freizukommen.

Noch acht Tage bis zum Hexensabbat. Luzie blieb verschwunden, Romberg fand keinen Schlaf mehr.

Dann ein Anruf von Gluck. »Der Junior war offenbar bei Luzie.«

»Und?«

»Er hat ihr zusätzlich zum Traumgrundstück noch eine Million in bar offeriert. Hemmerle hat das mitgekriegt, fragen Sie mich bitte nicht, wie.«

»Wie hat sie reagiert?«

»Sie wird auf den Park verzichten. 100.000 hat ihr der Junior gleich als Anzahlung dagelassen. Die ruhen jetzt in ihrer Wohnküche, in einer Keksdose.«

Romberg war, als ob ihm jemand mit dem Lötkolben langsam über das Rückgrat strich. So fühlte sich Scheitern an, Scheitern auf den letzten Metern. »Damit ist es aus«, sagte Romberg.

»Bitte kommen Sie in die Kanzlei.«

Im Büro des Anwalts schwiegen sie lange.

Irgendwann erhob sich Gluck und öffnete das Fenster zur Färbergasse. Ein Schwall frischer Luft drang herein, während der Anwalt am Fenster stehen blieb. Er sagte gefasst: »Ich habe mich in Luzie getäuscht, vielleicht haben wir sie auch überfordert. Aber wir können uns die Menschen nicht backen. Hut ab vor dem Junior – der Einfall mit dem Bargeld war nicht schlecht.« Er seufzte. »Wir haben endgültig verloren, rollen wir die Fahne ehrenvoll ein.«

Romberg sagte trübe: »Ich wüsste auch nicht, was wir

noch tun könnten.« Und er fragte: »Wo Luzie jetzt wohl ist?«

»Sie ist sicher für ein paar Tage abgetaucht, weil sie sich schämt. Schauen wir nach vorne. Lieber Christof, bleiben Sie uns hier in Schaffenfels erhalten. Wenigstens wird das Bismarck-Denkmal bald fertig. Der Verschönerungsverein hat noch ein paar Euro, damit können wir zusätzlich etwas für die Stadt tun. Die Schaffenfelser werden es brauchen, denn es kommen böse Zeiten.«

Sie verabredeten sich zu einem Essen im Frankfurter Hof. Bald war Romberg auf der Autobahn Richtung Eysseneckstraße. Ein neues Leben musste her, dachte er sich. Es hatte eben nicht sollen sein. Er fröstelte.

Zu Hause litt Romberg in den Abend hinein. Gegen 23 Uhr summte das Telefon. Er hatte keine Lust abzuheben.

Beim sechsten Summen ging er doch dran.

Köller junior war am Apparat. »Verzeihen Sie die späte Störung, Herr Romberg. Aber ich würde Sie gerne morgen sprechen. Es ist dringend.«

42. KAPITEL
IM MÄRCHENWALD

Unwirsch fragte Romberg: »Worum geht es denn?«

»Das möchte ich nicht am Telefon bereden. Aber es könnte für Sie durchaus von Interesse sein.«

Romberg blieb unwirsch. »Wenn es sein muss.«

»Schön, wie wäre es morgen um elf bei mir in der Villa?«

»Mir wäre es lieber bei mir zu Hause in Frankfurt. Sie kennen ja die Adresse.«

Der Junior willigte sofort ein und legte auf.

Romberg starrte den Telefonhörer an. Was wollte der Junior wohl von ihm? Ihn wieder einstellen, damit er Dreadnought bei der Zerschlagung der Köller-Werke zur Hand ging? Glaubte der wirklich, dass er sich dafür hergeben würde?

Tags darauf war der Junior auf die Minute pünktlich zur Stelle. Er trat auf wie immer – gut gelaunt, gut gebräunt, gut genährt. Mit dem Selbstbewusstsein derer, die schon immer oben waren und die Gewissheit hatten, dass das so blieb.

Romberg hatte von seiner Haushaltshilfe, die er gelegentlich beschäftigte, ein paar Törtchen holen lassen. Nun war sie in der Küche dabei, frischen Kaffee aufzusetzen.

»Schöne Wohnung, würde mir auch gefallen«, sagte der Junior. Kurzes, höfliches Geplänkel. Ja, dieses Herbstwetter sei unter aller Kritik, nein, Urlaub sei im Moment leider nicht drin.

Die Hilfe servierte, verabschiedete sich und Romberg sagte: »Ich schlage vor, wir kommen zum Thema.«

Der Junior lehnte sich lässig in die Couch zurück und schwang die Beine übereinander. »Lieber Herr Romberg, die Dinge bei der KoellerCom haben sich etwas anders entwickelt als geplant.«

»Ach ja?«

Der Junior lächelte. »Sie kennen ja meine Planungen für den Verkauf. Detaillierter, als mir bisweilen lieb war. Aber das müssen wir jetzt nicht vertiefen.«

Romberg schwieg. Was wollte der Junior?

Köller räusperte sich. »Sie wissen sicher auch, dass ich mit Luzie eine Einigung erzielen konnte.«

Romberg nickte, und der Junior schlug die Beine auseinander, die Stimme wurde leiser. »Gestern Abend hat sie ihre Zustimmung zurückgezogen.«

Romberg fiel fast die Kaffeetasse aus der Hand. Luzie hatte auf den Park verzichtet – und in ihrer Keksdose lagen 100.000 Euro.

Köller junior hob bedauernd die Schulter: »Ich hätte sie gleich zu einer verbindlichen Unterschrift drängen müssen. War wohl ein Fehler.« Er stierte einen Moment in die Luft, in der gut gelaunten Erscheinung zeigten sich feine Risse. »Sie hätte das schöne Grundstück auf der Rosenhöhe haben können, dazu jede Menge Geld. Aber nein, unsere Luzie will partout dieses verdammte Grünzeug rund um die Villa behalten. Ich hatte alles, aber auch alles bedacht. Wer konnte damit rechnen?« Köller blickte Romberg an, als bitte er darum, seine Empörung zu teilen.

Romberg war auf einmal sehr gelassen. »Sie werden verstehen, dass sich mein Mitleid in Grenzen hält. Oder wollten Sie sich hier und heute von mir trösten lassen?«

Der Junior lachte, der Haarriss in seinen Zügen hatte sich wieder geschlossen. »Eine gewisse Genugtuung gönne ich Ihnen. Sie können sich denken, dass mit der Blockierung des Parks in der Villa das Konzept für den Industriepark hinfällig ist. Dreadnought hat abgesagt. Ich teile Ihnen das mit, weil es in einer Stunde ohnehin im Netz steht.«

Romberg war wie betäubt und gleichzeitig hoch konzentriert. Er war wieder im Rennen, und dies in der Nachspielzeit. Ein Wunder! Jetzt nur keinen Fehler machen.

Der Junior rückte sein Einstecktuch gerade. »Zu allem Überfluss werde ich dringend in London gebraucht. Langer Rede kurzer Sinn: Ich will die Sache hier vom Hals haben und sondieren, ob Sie noch an einem Kauf des Werks interessiert sind. Fairerweise darf ich anmerken, dass ich noch mit einem anderen Interessenten Kontakt habe.« Köller gab sich locker, als ob er eine gebrauchte Küche verkaufen wollte.

Romberg begann, das Abtasten zu genießen. Der Junior pokert weiter, weiß nicht, dass ich von seinem missglückten Terminkontrakt weiß. Von wegen weiterer Interessent, dachte er.

Romberg formulierte sehr sorgfältig: »Im Grundsatz steht mein Angebot nach wie vor. Allerdings müssten wir beim Kaufpreis einige neue Faktoren berücksichtigen. Sie haben keine neuen Produkte, denken Sie an unseren alten Streit. Das wird in der Zukunft Probleme ergeben, und das müssen wir beim Kaufpreis berücksichtigen. Ansonsten stehe ich kurzfristig bereit.«

Der Junior erwiderte: »An der Börse notiert die Aktie aber hoch.«

»Noch.«

Köller breitete die Arme aus. »Das werden wir alles bereden. Ich muss nur Klarheit haben. Können wir übermorgen verhandeln? Der Gegenstand ist uns beiden ja bestens bekannt, da bedarf es keiner langen Vorprüfung. Ich weiß, dieses Tempo ist ungewöhnlich, aber ich muss wirklich schnell nach London.«

»Von mir aus können wir das so machen.«

»Darf ich für das Meeting die Brinkmann-Stuben vorschlagen? Die haben ganz hinten den Salon Hindenburg und ein paar Nebenräume. Ein bisschen aus der Zeit gefallen, aber schön diskret. Wäre doch passend für unser Treffen. Übermorgen, 8 Uhr?«

Romberg willigte ein. Der Salon Hindenburg, die Brutstätte des Verschönerungsvereins. Ein gutes Omen.

Der Erbe verabschiedete sich.

Romberg saß versonnen in seinem Wohnzimmer, die kleine Putlitz zu Füßen. Er konnte es noch nicht glauben. Ihm kam es vor, als wandele er durch einen Märchenwald.

43. KAPITEL
AUS DIE MAUS

»Die gute Luzie ... Ich werde auf meine alten Tage doch noch fromm.« Anwalt Gluck war fast sprachlos vor Freude, als ihn Romberg über die jüngste Wendung informierte. »Ich habe versucht, sie zu erreichen. Aber sie ist wie vom Erdboden verschwunden. Zu verschwinden macht langsam Schule in Schaffenfels, denken Sie nur an die Putlitz.« Glucks Stimme klang wie von Schweröl gesättigt. »Hauptsache, wir haben den Junior endlich da, wo ich ihn immer haben wollte.«

Nach Gluck besuchte Romberg die Volksbank, wo der Herr Direktor auf einmal wieder sehr zuvorkommend war. Er fand die neuen Umstände verlockend, die Finanzierung des Kaufs stand.

Nun war noch ein bisschen Pressearbeit nötig, um die eigene Position zu stärken. Froloff titelte in der »Mainglocke« zu Luzies Absage: »Aus die Maus.« BUMS wurde hymnisch angesichts »unserer heiligen Luzie«.

Mit Gluck ging er tags darauf in der Kanzlei die Verhandlungsstrategie durch. Der Kurs der KoellerCom war beträchtlich eingebrochen, sehr schön. Sie würden beim Kaufpreis mächtig drücken können.

»Was halten Sie von dem anderen Interessenten?«, fragte Gluck.

Romberg zuckte die Schultern. »Ich glaube nicht, dass es den gibt. Wir sind die letzte Hoffnung des Juniors, er braucht unser Geld.«

Glucks Sekretärin kam mit einem Telefon in der Hand herein und blickte ihren Chef fragend an.

Der wedelte mit einer Hand. »Bitte nicht jetzt.«

»Aber ein Hauptkommissar Bronski möchte Sie sprechen, es klang sehr dringend.«

Gluck nahm den Anruf an. Beim Zuhören versteinerte sich seine Miene, bis er am Ende sagte: »Gut, ich übernehme das Mandat und komme gleich rüber zu Ihnen. Kann ich Herrn Romberg mitbringen? Der sitzt gerade bei mir.«

Der Anwalt legte auf und schnaufte. »Bronski hat einen Verdächtigen festgenommen, was den Anschlag auf Wollenberg betrifft. Der Festgenommene bat mich, seine Verteidigung zu übernehmen.« Dann schwieg er bedrückt.

»Wer ist es denn, um Himmels willen?«, brach es aus Romberg heraus.

Gluck seufzte. »Meine Antwort wird Ihnen nicht gefallen.«

44. KAPITEL

MARIACRON

Traurig hing ihm der Zopf in den Nacken. Es war ein Häuflein Elend, das vor ihnen hockte im schmucklosen Vernehmungsraum der Polizeistation von Schaffenfels.

»Ja sicher, ich bin oft im Wald am Golfplatz. Das mache ich gerne, wenn mir alles zu viel wird in Schaffenfels«, stieß Dipl. Ing. Markus Eisele hervor. »Aber ich war's nicht. Gglaube ich zumindest.«

Romberg saß zusammen mit Gluck geschockt am Besprechungstisch gegenüber von Eisele, während Hauptkommissar Bronski an der Stirnseite thronte. Sein Hausgenie ein Mörder? Niemals! Oder doch? Es war erdrückend, was Bronski nun darlegte.

»Bei uns hat sich ein Förster gemeldet, der für ein paar Wochen in Urlaub gefahren war und erst jetzt von dem Anschlag erfuhr.«

»Und?«, insistierte Gluck.

»Er hat am Tattag und zur passenden Uhrzeit jemanden gesehen im Wald, keine 200 Meter vom Tatort entfernt. Die Person lag unter einem Hochsitz für Jäger, offensichtlich betrunken.« Bronski blätterte in seinen Notizen. »Bei einer Gegenüberstellung heute früh hat der Förster Herrn Eisele zweifelsfrei als diese Person identifiziert. Wir haben das Areal rund um den Hochsitz durchsucht und eine leere Cognacflasche der Marke Mariacron gefunden – mit den Fingerabdrücken des Herrn Eisele.«

»So, und mit dieser Flasche soll mein Mandant dann geschossen haben?«, warf Gluck ironisch ein.

Bronski blickte ihn milde lächelnd an. »Natürlich nicht. Geschossen hat Herr Eisele mit einem G3-Gewehr. Das haben wir zehn Meter weiter in einem Gebüsch gefunden, ebenfalls mit seinen Fingerabdrücken. Eine Waffenbesitzkarte hat Herr Eisele leider auch nicht, was aber die geringste seiner Sorgen sein dürfte. Die Waffe wird gerade in der KTU untersucht. Fest steht schon jetzt, dass mit ihr kürzlich geschossen wurde.«

Eisele wand sich, dann sagte er stockend: »Die Flinte gehört mir. Anscheinend war ich an diesem Tag wirklich dort beim Hochsitz. Ich hatte Frust, weil ich einen Rückfall hatte. Ich nehme an, da habe ich ein bisschen in die Luft geballert.«

Gluck wurde unmerklich kleiner, Romberg blickte betroffen zu Boden.

Bronski schürzte die Lippen und machte den Sack zu. »Lieber Herr Eisele, Sie haben ein Motiv und Sie hatten die Gelegenheit, es gibt einen Zeugen und eine Waffe. Herr Köller hat Sie entlassen, er hat Ihnen einen Lebenstraum geraubt, er hat Sie ins Elend gestürzt. Da kann man schon einen Hass kriegen, nicht wahr?«

Eisele stierte ihn wortlos an.

»Wenn Sie kooperieren, wenn Sie jetzt gestehen, wird sich das günstig auf das Strafmaß auswirken. Das Gericht dürfte auch berücksichtigen, dass Sie zur Tatzeit schwer betrunken waren.«

Eisele blickte weiter ins Leere. Dann murmelte er: »Wwwenn ich wüsste, dass ich's getan habe, würde ich es sagen. Aber ich *weiß* es nicht, ums Verrecken nicht! Ich habe, was jenen verfluchten Tag im Wald betrifft, einen totalen Filmriss.«

45. KAPITEL
365 MILLIONEN

Heute war der Tag der Tage, heute würde es sich entscheiden. Romberg war früh aufgestanden und machte sich auf den Weg nach Schaffenfels. Er hatte wenig geschlafen, auch wegen der Sache mit Eisele. Aber darum würde er sich erst morgen kümmern.

Gluck war schon im Salon Hindenburg, wo er sich einen leichten Morgenzigarillo gönnte. In einem Nebenraum installierte seine Assistentin gerade Rechner und Drucker für die Vertragsentwürfe, als Romberg eintraf. Kurz danach erschien Köller, flankiert von drei jungen Anwälten der Societät Kreiß, Woppenstedt und Partner, die wie Tiger hereinstolzierten. Im Gänsemarsch dahinter zwei Assistentinnen mit jeder Menge mobiler Elektronik. Gluck legte nur einen weißen Notizblock und den Montblanc vor sich auf den Tisch. Mit euch werde ich allemal fertig, signalisierte sein Gesicht.

Sie kamen ohne Umschweife zur Sache. Romberg bot 290 Millionen für das Aktienpaket des Junior, also für 60 Prozent der KoellerCom-Aktien.

»Unmöglich«, meinte Köller und warf 450 Millionen in den Raum.

»Lächerlich«, gab Romberg zurück.

So ging es den ganzen Tag hin und her. Gegen Mitternacht lag sein Gebot bei 330 Millionen, während Köller 400 Millionen haben wollte.

Um 2 Uhr nachts hatte man sich völlig verhakt. Keine Bewegung mehr bei den Geboten, die drei Junganwälte entledigten sich erschöpft ihrer Jacketts und zupften ratlos an ihren Wallstreet-Hosenträgern. Wie ein gusseiserner Buddha thronte ihnen gegenüber Gluck in seiner dreiteiligen Rüstung. Er nebelte die Tiger mit sämigen Wolken aus schweren Havannas ein.

Die Parteien trennten sich kurz und berieten separat.

Zurück im Salon Hindenburg erhöhte Romberg auf 340, Köller ging auf 390 herunter. Wieder Stillstand.

Gegen 3 Uhr machte der Junior demonstrativ Anstalten, den Salon Hindenburg zu verlassen. Er sagte: »Ich rufe jetzt den anderen Interessenten an.«

Für exakt diesen Moment hatte Romberg einen kleinen Zettel vorbereitet. Auf ihm stand nur: »Die Lira stürzt weiter ab.« Er faltete das Papier zusammen und schob es wortlos über den polierten Eichentisch zum Junior hinüber.

Der las, eine seismische Welle schoss durch seine Züge. Die hellgrauen Augen weiteten sich für den Bruchteil einer Sekunde, dann hatte er sich wieder in der Gewalt. Der Junior blieb sitzen, er tätigte keinen Anruf.

Romberg wusste, er hatte gewonnen. Köller kämpfte nur noch pro forma, seine Tiger ermatteten, Gluck bestellte die dritte Kanne Kaffee und schien frischer denn je.

Die Vögel im Garten der Brinkmann-Stuben zwitscherten, als man sich gegen 6 Uhr einigte. 365 Millionen Euro.

Man trennte sich, um kurz zu schlafen. Das galt nicht für die Assistentinnen, die in den Nebenräumen den Vertragsentwurf zu fertigen hatten, der um zwölf vor dem Notar unterschrieben werden sollte.

Beim Hinausgehen murmelte Gluck: »Ich hätte ihn noch um fünf weitere Millionen gedrückt.«

Romberg winkte ab. »Lassen wir es gut sein. Das ist ein sehr akzeptabler Preis.«

Romberg hatte es nicht weit bis in sein Zimmer. Er rauchte noch eine und nahm sich vor, ab morgen endgültig damit aufzuhören. Na ja, vielleicht besser erst dann, wenn er die Firma wieder zum Laufen gebracht hatte. Er schlief sofort ein.

Punkt 14 Uhr waren alle wieder im Salon Hindenburg, der Notar hatte sich eingefunden, die Unterschriften wurden geleistet. Gluck brachte auch die Ad-hoc-Mitteilung an die Börse und die Aufsichtsbehörden über die Veränderung der Eigentumsverhältnisse auf den Weg.

Anschließend verabschiedete er sich rasch, die drei Tiger machten ihm respektvoll Platz. Die Assistentinnen räumten die Dokumente und Rechner in ihre Pappkartons, Romberg stand unschlüssig in der Tür zum Salon Hindenburg.

Das war alles noch unwirklich. Er hatte es geschafft, tatsächlich geschafft! 64 Prozent der Inhaberaktien – er hatte eine komfortable Mehrheit bei der KöllerCom. Keine Triumphgefühle. So war das immer, wenn nach immensen Anstrengungen endlich der Durchbruch gekommen war. Romberg spürte nur Erschöpfung und Leere.

46. KAPITEL
SCHLEMMERTREFF

Köller fasste ihn am Arm. »Wollen wir nicht noch einen Happen zusammen essen? Ich wüsste eine nette Location gleich hier.«

Romberg nickte und folgte dem Junior ins Freie. Der schritt zügig zum »Schlemmertreff« gegenüber, wo gerade Straßenbauarbeiter in orangefarbenen Signalwesten ihren Mittagstisch hatten.

Köller nahm einen der Stehtische in Beschlag und sagte: »Sie werden es nicht glauben, aber einmal die Woche komme ich gerne hierher. Empfehlenswert ist der Reibekuchen mit Apfelmus. Kostet zwei Euro. Dazu eine Cola für einen Euro. Sie zahlen.«

Köller besorgte zwei Reibekuchen, die er auf Plastiktellern an den Tisch balancierte. Er begann mit Genuss zu essen, stippte den Reibekuchen fröhlich ins Apfelmus. Er wirkte heiter für jemanden, der gerade ein Vermögen verloren hatte.

Köller nahm einen großen Schluck aus der Cola-Dose und sagte leise: »Ganz sauber habe ich nicht immer agiert, um ehrlich zu sein. Eher ein wenig über die Bande, mit ein paar Grenzverletzungen. Tut mir leid. Aber gewisse Usancen legt man sich in meiner Branche einfach zu.« Er zeigte mit der Plastikgabel Richtung Romberg. »Sie können das auch ziemlich gut, wenn ich an das Quecksilber erinnern darf.«

Romberg grinste. »Wir schaffen es wohl beide nicht in das Handbuch für Wirtschaftsethik. Es ging um zu viel.«

Köller schüttelte ungläubig den Kopf. »Ich hatte alle Eventualitäten durchkalkuliert. Aber auf Ihre Luzie war ich nicht vorbereitet. Ein Weib zum Fürchten. Kompliment!«

Romberg machte eine vage Geste, und Köller fuhr fort: »Außerdem ist es sehr hilfreich, wenn man über spezielle Informationen verfügt, nicht wahr? Schon erstaunlich, was Sie über gewisse Terminkontrakte wissen. Ich habe Sie unterschätzt.« Er schaute auf einen fernen Punkt am Horizont, wo sich eine schwächliche Novembersonne abmühte. Köller knetete seine Nase und meinte dann: »Ist vielleicht gar nicht so schlecht, wie es gelaufen ist. Und sicher ganz im Sinne meines Vaters.« Er zerknüllte die Cola-Dose und versenkte sie mit einem Wurf zielsicher in einem Abfallkorb. »Wissen Sie, irgendwie bin ich jetzt im Reinen mit diesem ganzen verworrenen Komplex. Blicken wir nach vorne. Was habe ich bei unserem ersten Wiedersehen gesagt?«

»Dass wir die alten Geschichten ruhen lassen sollen. Was werden Sie nun tun?«

Köller zog sich die Krawatte straff. »Auf mich wartet in London viel Arbeit. Ein neues Projekt hat sich gut angelassen. Heute habe ich verloren, morgen werde ich wieder gewinnen.«

Romberg kam er vor wie ein Mann, der ein verschwitztes Hemd ausgezogen hat und sich gerade ein frisches überstreift. Unter den Brücken der Themse würde Köller nicht schlafen müssen, nach Abzug der Lira-Unkosten blieb noch einiges aus dem Verkaufserlös, die exquisite Kunstsammlung des Alten und bestimmt sonst noch das eine oder andere.

»London ist mir auch aus einem anderen Grund lieber«, fügte der Junior hinzu.

»Und der wäre?«

Köller schüttelte den Kopf. »Sie haben anscheinend die Ruhe weg. Mich treibt noch immer die Frage um, wer damals auf Wollenberg geschossen hat. Ob Sie gemeint waren oder ich. Der gute Eisele war es jedenfalls nicht.«

Romberg war überrascht. »Woher wollen Sie das wissen?«

»Fragen Sie Ihre Sekretärin. Ich nehme an, dass Kommissar Bronski ihr gerade das Neueste mitgeteilt hat. Ihr Freund Eisele ist heute früh aus der U-Haft entlassen worden, denn die Projektile vom Tatort stammen nicht aus seiner Waffe.«

Romberg atmete durch vor Erleichterung, dieser Tag verwöhnte ihn. »Danke für die Information. Ich hatte mir Eisele ohnehin nicht als Täter vorstellen können.«

Der Junior nickte. »Ich gebe zu, dass er ein vitales Motiv hatte, aber auch ich hielt ihn nie für den Täter.« Er schwieg kurz und beugte sich dann zu Romberg hinüber. Leise sagte er: »Es war also jemand anderer, und der läuft noch frei herum. Offen gesagt habe ich Angst und fühle mich in meinem Londoner Penthouse sicherer.«

Romberg schwieg.

Köller setzte nach: »Oder glauben Sie immer noch, dass ich jemanden auf Sie angesetzt habe?«

Romberg räusperte sich. »Hm, inzwischen hat sich dieser Gedanke etwas entfernt. Aber es gab eine Reihe seltsamer Vorkommnisse in den letzten Monaten.« Er gab sich einen Ruck. »Ich bin einfach neugierig. Warum waren Sie heimlich bereits einen Tag vor dem Tod Ihres Vaters in Schaffenfels?«

Der Junior stippte erneut ein Stück Reibekuchen ins Apfelmus und blickte verständnislos. »Wer erzählt denn sowas? Ja, ich wollte meinen Vater spontan besuchen und mich mit ihm aussprechen. Und ja, ich wollte, dass er sein Testament nicht zu Ihren Gunsten ändert. Das Hotelzimmer hatte ich schon reserviert, aber wegen des Nebels konnte ich meinen Flug nicht antreten.«

»Außerdem hatte ich den Eindruck, dass Sie mich in meinem Büro in der Villa überwachten, dass Sie meine E-Mails lasen, dass ich verwanzt wurde.«

Köller lachte. »Lieber Herr Romberg, das hatte ich gar nicht nötig, ich hatte doch alle Trümpfe in der Hand. Bis Sie mit Ihrer Luzie kamen.«

»In Ordnung, aber war es notwendig, in meinem Intimleben herumzustochern? Ich sage nur Belrose.«

Köller machte eine entschuldigende Geste. »Okay, ich ließ ein paar Informationen über Sie sammeln, rein aus Gewohnheit. Aber da war jemand übereifrig gewesen. Ich gebe zu, das war etwas unelegant.« Er gab Romberg die Hand. »Ich muss zum Flughafen. Nochmals meinen Glückwunsch. Machen Sie etwas aus der KoellerCom, so wie Sie es verstehen. Und stellen Sie sich gut mit dieser Luzie. Sonst wird aus dem ganzen Laden noch ein Botanischer Garten.«

Er schlenderte zu seinem BMW und winkte Romberg aus dem Cockpit ein letztes Mal zu.

Romberg zahlte die Zeche, exakt sechs Euro. Die Novembersonne war im Nebel verschwunden, ebenso die Arbeiter in Orange.

Er seufzte. Danke, liebe Luzie! Und danke, Deep Throat. Wer zum Teufel dieser Heinzelmann nur war? Er hatte sich nicht mehr gemeldet.

47. KAPITEL
ZU EHREN KARL GUSTAFS

Das weiße Festzelt mitten im Park der Villa Köller brummte, vom Büffet der Brinkmann-Stuben her roch es köstlich nach Gambas und Rinderfilet, aus einem mächtigen Fass floss das Schaffenstolz Gold. Die Band sorgte für Stimmung, die Kastanienbäume waren von Fackeln erleuchtet. Romberg war guter Laune, als er die Gästeschar musterte. Viele waren der Einladung der Köller AG gefolgt, auch der komplette Verschönerungsverein. »Zu Ehren Karl Gustafs« hieß das Motto des Abends. Ein Modell des Wundermotors ruhte auf einem Sockel, von Tiefstrahlern ins rechte Licht gerückt.

Romberg hielt sich zur Eröffnungsrede an Peter Ustinov, wählte einen möglichst genialen Einstieg, einen möglichst pfiffigen Schluss und möglichst nichts dazwischen.

Karl Gustaf war endlich fertig, sie hatten schon jede Menge Vorbestellungen. Noch im Nachhinein wurde ihm schwindlig, denn Dipl. Ing. Eisele hatte erst in letzter Minute geliefert. Andernfalls wäre das Unternehmen an die Wand gefahren. Schön, dass sein Hausgenie seit der U-Haft wieder trocken war. Romberg hatte Claudia Deuerlein auf ihn angesetzt, die ihn in bewährter Manier überwachte.

Romberg verkündete: »Wir sind wieder da! Airbus wird sämtliche Typen mit Karl Gustaf ausrüsten. Und bis Ende des Jahres kommen wir wieder auf 1.000 Köllerianer im Stammwerk.«

Die Gäste klatschten begeistert, auch als er mahnend anfügte: »Mehr Arbeitsplätze sind hier nicht drin, und den Standort in Rumänien werden wir behalten. Mein Dank gilt Ihnen allen und besonders unserem Herrn Eisele!«

Die Gäste klatschten erneut. Der Gefeierte selbst war nicht zugegen, er arbeitete im Technikum an Karl Gustaf römisch zwo.

Bei seiner Wiedereinstellung hatte ihm Romberg kräftig den Kopf gewaschen wegen des illegalen Gewehrs. Eisele hatte beteuert: »Ich weiß selbst, dass das blöd war. Aber ich hatte nichts zu tun und wollte herausfinden, wie man die Feuerkraft der Waffe optimieren kann.«

Jetzt saßen sie alle friedlich im Festzelt beieinander oder strömten zum Büffet.

Romberg mischte sich unter die Gäste. Gluck brachte gerade die dicke Luzie von der Tanzfläche zurück – die Ehrenplakette in Gold der Stadt Schaffenfels machte sich gut auf ihrem Neckermann-Kleid.

Luzie war fröhlich, blickte Romberg jedoch schuldbewusst an. Der erinnerte sich an ihr Treffen vor Wochen. »Sie haben mich fast in einen Herzinfarkt getrieben, meine Liebe. Sie sind einfach verschwunden. Herr Gluck und ich mussten denken, dass Sie die Seiten gewechselt haben«, hatte er geklagt.

Luzie war vor Aufregung ins Hessische verfallen. »Isch war so dorschenanner. Der Herr Köller hat mer e Ohr abgebabbelt, isch hab nur genickt, um den endlisch loszuwerrn. Dann hat er mer die hunnerddausend Euro in die Keksdos gestoppt unn is weg wie en Blitz. Isch war so uffgerescht und hab den Herrn Hemmerle aagerufe, abber der hat misch net rischtisch verstanne. Den Herrn Köller hab isch erst viel später an die Stripp kricht unn ihm gesacht, dass dess nix werd unn dass er sisch des Geld aus de Keksdos widder hole kann. Unn dann hab isch noch Schiss gekrieht, Sie aaazurufe. Abber jetzt is doch alles gut, odder?«

»Ja, liebe Luzie, Ende gut, alles gut.«

Romberg verließ das Festzelt, um sich in der klaren Nachtluft die Beine zu vertreten. Nicht alles war gut. In einem schmerzlichen Schub kam ihm Iris in den Sinn. Ganz hatte er die Hoffnung nicht aufgegeben, dass sie eines Tages vor seiner Tür stehen würde – sie würde auch nichts erklären müssen. Er dachte auch an den Junior, der sich in seinem Londoner Penthouse verschanzt hatte. Und er dachte an den Mörder Wollenbergs, der noch immer auf freiem Fuß war. Romberg schüttelte sich kurz, vielleicht war er sogar Gast der Party. War es doch keine gute Idee gewesen, auf den Bodyguard zu verzichten?

48. KAPITEL
FUNDSACHE

Was für ein Farbenrausch im keimenden Frühling. Romberg ließ seinen Blick über den Park hinter der Villa schweifen, zwischen zwei Buchsbäumchen sah er Luzie die Hacke schwingen. Der Anblick tat gut, denn ansonsten hatte ihn der Alltag mit diversen Misslichkeiten wieder fest im Griff.

Romberg seufzte und ging zurück zu seinem Schreibtisch. Er hatte ganz vergessen, dass nicht nur Eisele, sondern auch er unter Aufsicht stand. Vor zehn Minuten war seine Frau Deuerlein hereingekommen, hatte zielgerichtet die Fensterbank angesteuert und seinen heimlichen Aschenbecher mitgenommen. »Herr Romberg, also wirklich …«, hatte sie gesagt.

»Sollten Sie sich nicht um Herrn Eisele kümmern?«, hatte er entgegnet.

»Ich habe alle Süchtigen dieser Erde im Auge«, hatte sie versichert.

Recht unerquicklich war auch das Meeting am Vormittag gewesen. Da hatte er als Vorstandsvorsitzender der Köller-Werke dem neuen Aufsichtsrat berichtet. Die wagemutigen Geldgeber vom Verschönerungsverein waren nun auch Aktionäre, und besonders forsch war Hemmerle vom »Uhrtürmchen«-Fonds aufgetreten.

Der Ex-Betriebsrat trug nun italienische Maßkonfektion, hatte übellaunig am Mahagonitisch im Besprechungszimmer der Villa gesessen und von Romberg mehr unternehmerischen Spirit gefordert. Madame Lumpi, Bürgermeister Wuttke und Redakteur Froloff hatten ihm eifrig assistiert. Eigentlich meinten sie nicht Spirit, sondern eine höhere Dividende. Gut, dass Gluck als Aufsichtsratsvorsitzender mäßigend eingeschritten war.

Romberg ging hinaus auf den Flur, hin zu dem Zimmer am Ende, wo Iris Putlitz ihr kurzes Gastspiel gegeben hatte. Das Zimmer wurde gerade für einen der Abteilungsleiter renoviert. Er wollte nachsehen, ob alles in Ordnung war. Das war es, befand er auf den ersten Blick und meinte, noch einen Hauch ihrer Zimtwölkchen zu riechen.

Als er gehen wollte, stieß er ungelenk gegen die ausgehängte Tür, die an einer Wand lehnte. Sie neigte sich und krachte auf den Boden.

Erschrocken kam Frau Deuerlein angerannt und meinte: »Herr Romberg. Man kann Sie wirklich nicht aus den Augen lassen.«

»Ist ja gut«, grummelte Romberg, »ich komme allein damit zurecht.« Stöhnend richtete er die Tür wieder auf, als ihm etwas auffiel. Auf dem Türfalz oben klebte, kaum sichtbar, etwas Winziges, Flaches. Was war das? Er löste das Stück Tesafilm und hielt eine Micro-Speicherkarte in der Hand.

Romberg kehrte in sein Büro zurück und beäugte die Karte. Er wollte den Fund Frau Deuerlein zur Entsorgung geben, doch die Neugier siegte. Die Speicherkarte gehörte offenkundig zu einem Smartphone. Er steckte sie in den Speicherschlitz seines Notebooks. Die Karte enthielt nur eine einzige Datei, eine Audio-Datei. Nach dem Anklicken begann eine ihm wohlbekannte Stimme zu sprechen.

»Wie gerne würde ich mit jemandem reden, aber das geht leider nicht. Also rede ich in mein Smartphone hinein und halte die letzten Wochen fest, sonst drehe ich komplett durch.«

Er hörte sich das Diktat an, und gegen Ende der Aufzeichnung traf ihn fast der Schlag.

49. KAPITEL

ANS ENDE DER WELT

»Nun sehen wir wenigstens klar«, seufzte Anwalt Gluck und atmete tief durch.

»Das ist aber auch das einzig Gute daran«, erwiderte Romberg.

Sie saßen in Glucks Kanzlei. Trotz der Frühjahrsblüte war es noch ziemlich kalt, in Glucks kleinem Kamin an der Wand gegenüber seines Schreibtisches flackerte ein dezentes Feuer.

Beide hatten eine Abschrift der Audiodatei vor sich, die Romberg selbst gefertigt hatte. Claudia Deuerlein wollte er damit nicht belasten. Das Ganze war in ein Smartphone diktiert worden, die zweite Speicherkarte diente wohl als Sicherheitskopie.

Gluck hatte die Abschrift gründlich studiert. Wie um sich zu vergewissern, las er einige Passagen noch einmal laut vor:

»Tag um Tag habe ich das Bild vom Vater vor Augen, wie er am Strick in seiner Garage baumelt. Wenn ich nur das Schwein kriegen könnte, das ihn in den Selbstmord getrieben hat. Leider habe ich nicht mal einen Namen, Vater hat alle Unterlagen vernichtet. Der Hass, der sich angesammelt hat, wird mich noch verbrennen. Wie das Kokain.«

Gluck griff sich ein weiteres Blatt.

»Köller kenne ich schon lange. Sehr tüchtig, auch wenn er manchmal Grenzen zu sehr auslotet. Er verschaffte mir einen lukrativen Auftrag in diesem komischen Schaffenfels, obwohl mir solche Jobs nicht sehr liegen.«

Glucks Krötengesicht wurde immer zerfurchter, als er zu einer weiteren Passage kam.

»Gestern Abend ein paar Gläser zu viel in der Villa mit Köller und den Juniorberatern. Köller erzählte, wie er vor vielen Jahren einem ›dummen Schlossermeister‹ im Taunus wertlose Zertifikate angedreht hatte. Er nannte sogar den Namen und die exakte Summe von 480.000 Euro. Die Juniorberater fanden das sehr amüsant. Aber mir blieb das Herz stehen!«

Gluck blätterte erneut in der Abschrift.

»Zwei Linien Koks genommen, ich bin jetzt cool und stark. Vor ein paar Tagen habe ich das alte G3 aus unserer Waldhütte im Taunus geholt. Der Schützenverein dort war Vaters großes Hobby gewesen. Meines auch, ich treffe eine Zwei-Euro-Münze auf 50 Meter. Köller muss bezahlen, sonst werde ich nie zur Ruhe kommen. Warte auf die nächste Gelegenheit, wenn er zum Golfen fährt. Seinen dicken Gran Turismo kann ich ja nicht verfehlen.«

Glucks Sekretärin kam ins Büro und stellte zwei Tassen mit Tee ab. Romberg und Gluck nickten abwesend.

»Köllers Auto kam pünktlich um die Ecke am Wald. Dichter Regen, ich sah schlecht, aber ich atmete wie nach dem Lehrbuch und drückte ab, die Salve saß. Bin schnell weg, musste zurück in die Villa.«

Romberg wusste vom ersten Abhören, dass sich beim nächsten Eintrag die Stimme überschlagen würde.

»Wen sehe ich in der Villa als Ersten? Köller! Oh Scheiße, Scheiße! Was ist da passiert?«

Eine Seite weiter.

»Der arme Wollenberg! Was habe ich nur getan? Wie kam der in den verdammten BMW? Die Waffe liegt jetzt tief in einem Tümpel bei Glashütten. Und ich werde Köller wenigstens die Suppe versalzen. Meine Infos über sein missglücktes Termingeschäft werden Romberg helfen. Er hat eigentlich ein gutes Konzept. Und ist ein so toller Mann. Wie schade …«

Gluck kam zur letzten Seite.

»Ich muss verschwinden, ich gehe fort aus Europa. Dieser Kommissar Bronski ist nicht dumm, kreist mich langsam ein mit seinen Fragen. Irgendwann kommt der mir auf die Schliche. Von Wollenberg träume ich jede Nacht, ich kann es mir nicht verzeihen. Mein Leben, wie ich es kannte, ist gelaufen. Erst mal muss ich weg. Auch weg vom Koks, dann sehen wir weiter. Geld ist genug da, und ich habe mein geheimes Nest am Ende der Welt.«

Gluck stand auf, nahm die beiden Abschriften und die Speicherkarte an sich. Nach einer langen Pause sagte er: »Thomas Wollenberg können wir nicht mehr lebendig machen. Und Iris Putlitz ist schon ziemlich gestraft, ihr Leben ist gelaufen, wie sie selbst weiß. Ihre Seele wird nie mehr Ruhe finden.« Er schaute Romberg prüfend in die Augen. »Wer weiß von der Datei?«

»Nur wir beide.«

»Wollen wir es dabei belassen?«

Romberg nickte wortlos, und Gluck übergab die Abschriften und die Speicherkarte dem Feuer im Kamin.